荷美覃塘

贵港市作家协会
贵港市覃塘区文联 

漓江出版社

图书在版编目（C I P）数据

荷美覃塘 / 潘大林主编 . —桂林：漓江出版社，2015.7（2022.6重印）

ISBN 978-7-5407-7619-0

Ⅰ. ①荷… Ⅱ. ①潘… Ⅲ. ①散文集—中国—当代Ⅳ. ① I267

中国版本图书馆 CIP 数据核字（2015）第 161144 号

荷美覃塘
He Mei Qintang

编　　著⊙贵港市作家协会
　　　　　贵港市覃塘区文联
主　　编⊙潘大林
策划编辑⊙梁　志
责任编辑⊙苏子新
封面设计⊙璞　闾　高　瞻
出版发行⊙漓江出版社
社址⊙广西桂林市南环路 22 号
邮编⊙ 541002
电话⊙ 0771-2506885　0773-2583322
网址⊙ http://www.lijiangbooks.com
印制⊙河北浩润印刷有限公司
开本⊙ 720mm × 980mm　1/16
字数⊙ 200 千
印张⊙ 12.25
版次⊙ 2015 年 7 月第 1 版
印次⊙ 2022 年 6 月第 2 次印刷
书号⊙ ISBN 978-7-5407-7619-0
定价⊙ 49.00 元

主　　编　潘大林

副 主 编　徐 强　高 瞻

美　　编　高 瞻

目录

第四章　不一样的壮家风俗

第五章　峥嵘岁月的红色记忆

第六章　茶藕飘香的浓情之约

序言

荷美覃塘

⊙ 李建锋

七月熏风席地起，观赏荷花到覃塘。

覃塘是个美丽的地方，对一般游客而言，最能吸引他们的，莫过于到覃塘来看荷花了。接天莲叶无穷碧，映日荷花别样红——杨万里这两句诗，写的是西湖美景，但如果移到覃塘，也是十分贴切的。每年，“荷家体验”系列活动举办期间，无数红男绿女撑着花伞，从荷田路上逶迤而来，一路欢声笑语，仪态万方，绚丽的荷花装点了他们的镜头，他们也装点了荷乡的夏天，无数的梦想便从大美里延伸，直通达和谐小康的高处。

覃塘的美，美在藕香茶醇。覃塘莲藕具有藕体大、藕身直、味道清香、口感粉酥的特点，已有上千年的种植历史，在二十世纪八九十年代名闻广西，2014 年获得国家农产品地理标志，2015 年引进仔莲、花莲等多个新品种。覃塘毛尖选择最优良的品种，种于平天山麓，山高林密，土地肥沃，云蒸雾绕，流水华滋，长出来的茶叶便天生丽质，经过杀青、理条、复香等八道工序，制出来的毛尖更是不同凡响，先后荣获广西、全国名茶称号，在 2014 年也获得国家农产品地理标志，远销全国各地，深受消费者欢迎。

覃塘的美，美在山明水秀。平天山雄奇峻峭，极一方之尊，山上绿草蔓长，杂树丛生，有野马奔驰之高山草坪，有草莽英雄遗留之历史陈迹。九凌湖和平龙水库，水面宽阔如镜，倒映着蓝天白云，湖中游鱼欢跃，天上飞鸟腾空，宛若人间仙境。

覃塘的美，美在人文丰富。刘三妹的传说将歌仙的故事传遍四面八方，更将无数美妙的山歌传诸后人，传唱至今。1936年，广西地下党在覃塘区三里镇罗村召开了代表大会，将广西地下党的力量重新组织起来，指明了前进的方向。无论是大革命时期的陈培仁、抗日战争中的黄彰，还是解放战争中的众多战士，这些革命志士前仆后继，为新中国的诞生奉献出了自己宝贵的生命，成为无数后来者永远学习的榜样。

覃塘的美，美在民风淳朴。近60万人口中，有60%为壮族同胞，他们与各族人民精诚协作，共同努力，浇灌出鲜艳夺目的民族团结之花，结出精神文明与物质文明的丰硕之果，覃塘区人民政府2009年荣获国务院颁发的“全国民族团结进步模范集体”称号。每年一度的“三月三”文化艺术节，人山人海，欢歌劲舞，五山百姓云集共庆，便是最好的证明。

覃塘的美，美在历史悠久。无论是相传为三国年间的《孟将军创辟遗记》，还是魏晋年间的马度县；无论是明代的封侯岩，还是明清之际的五山巡检司；无论是覃塘镇上的福寿寺，还是樟木乡、覃塘镇等处的粤东会馆，都在向后人述说着亦真亦幻的历史故事。

覃塘区是1996年广西壮族自治区政府批准设立的覃塘管理区，2003年国务院批准成立县级行政区。它就像一个新生儿，从呱呱坠地，到牙牙学语，到直立行走，到迅步如飞。在全区1352平方公里的土地上，10个乡镇145个村近60万人民一直精诚团结，奋力开拓，加快发展，共建小康，全区的财政收入从2003年的0.5亿元直线上升到2014年的7.3亿元，农民人均纯收入2014年超1万元，连续5年超出全国平均水平。近年来，覃塘区无重大恶性治安案件发生，社会和谐稳定，连年被评为广西平安县（市、区），是贵港市治安和社会风气最好的县区之一。老百姓过上了安居乐业、幸福和谐的好日子。

为了描绘和讴歌荷美覃塘，将这份美丽奉献给更多读者，贵港市作家协会和覃塘区文联组织市、区两级作家，深入覃塘各地采风，撰写出了这本书稿。他们以如水般的柔情和如诗的语言，描绘着他们的所见所闻和所思所想，以散文形式将覃塘自然景观和人文景观诸般美丽付诸文字、形诸笔端，成为世人了解覃塘的一个很好的读本。若想知道覃塘前世今生的历史文化、自然地理、民风民俗和名优特产，就应该好好读读这本书。

不揣浅陋，成此小文，是为序。

（作者系中共贵港市覃塘区委员会书记）

花韵荷香远益清

郁江平原上的古镇

——覃塘镇素描

◎邓东喜

覃塘镇地处桂中南两大山系——镇龙山与莲花山交界的隘口，自古为桂北、桂中地区进入桂东南地区陆路走廊上的重镇，是郁江平原西北部的一颗明珠。

覃塘镇郊外多有水塘。关于“覃塘”这个称呼的来历，民间有一传说：明朝前，这里尚称“浮塘”，明朝间，横县云表覃氏洞真公迁至覃塘镇龙鹅村（今村中有覃氏祠堂一座），随后称雄一方，在牛岭塘（后称买卖街）附近设街收租，并将“浮塘”改为“覃塘（意为覃氏水塘）”。是真是伪，尚待历史学家稽考。

追根溯源，覃塘镇究竟诞生于何时？民国版《贵县志》上记载：“墟（今覃塘镇）辟于何代，无可稽考，惟近郊有明墓碑，碣足征明代人烟已

覃塘镇新貌（卢建军摄）

稠。”从民国版《贵县志》里，还可以找到有关覃塘镇的一丝线索。《布山县考续》上记载：“按马岭山（一名马度山），以今县西北七十里，隋马度废县，故城在焉。”《沿革表》中又写道：“（隋朝）马度县，今在贵县西六十里，开皇十年置。”“贵县西六十里”正是今天覃塘镇附近，这是否意味着覃塘镇早在隋朝就已经作为马度县县治所在呢？如果是，我们能否通过考古找到马度县遗址呢？

相传，宋朝狄青（字汉臣，北宋大将）带兵平定“南蛮”首领侬智高，在攻破昆仑关后，曾在覃塘镇黄鹤村旁的山间空地上驻军修整。今黄鹤村旁有一山，当地人称之为旗杆山，传说狄青曾在山上插旗为号，此山因此而得名。翻开宋朝历史，狄青平定“南蛮”确有其事。如此看来，狄青曾在覃塘镇黄鹤村旁的山间空地上驻军修整一事，或许并非全是杜撰。

总之，覃塘镇历史悠久，历来是交通要道，乃兵家必争之地，已为世所公认。

覃塘东街，最有名的建筑是天主教堂旧址。据罗浦琼主编的《贵港市志》记载："天主教传入贵县后，先后于民国十年（1921年）在覃塘镇的龙岭（地址有误，应为覃塘圩东街）等地建了十座教堂。"1921年到今天已九十余载，覃塘镇的天主教堂尚能保存，让人感慨。而在佛教"一统江山"的覃塘，能允许"异教"天主教的存在，又足见覃塘人胸怀之博大！

覃塘中街则是另一番景象。粤东会馆是现存有名的古建筑，为单层砖木结构，面积约500平方米。覃塘粤东会馆尽管官方文献没有记载，但其建造时间、重建时间均有确凿的出处，因为会馆内至今保存有《重建粤东会馆碑记》的碑文，大部分字迹仍清晰可辨。从碑文可知，覃塘粤东会馆的前身"粤东书院"始建于1812年。经历了朝代的更迭、战火的洗礼、政治风云的变幻，覃塘粤东会馆依然屹立，令人不胜唏嘘！

要想追寻覃塘的"古风"，还可以到"扶高巷""修仁巷""风流巷""鸡蛋行"去看看。行走街巷中，光滑的石板路、风格独特的骑楼、门前倚立的老者……无不述说着曾经人来人往、商铺林立、商品琳琅满目的繁华景象。

覃塘天主教堂旧址（邓东喜摄）

覃塘人热情好客。根据口音，见面开场的基本句式是：“你老家东龙？蒙公？樟木？”得到答复后开聊，那深受壮语影响的广东白话便密集地向你砸来，让人穷于招架。覃塘人可不管你听不听得懂，只要他们聊开了，基本上半个小时不歇气，一个小时不打磕。当然，在与你聊天时，覃塘人会拿出覃塘上等毛尖，为你沏上一杯热茶。茶香四溢，沁人心扉，令人回味无穷。

覃塘美食闻名遐迩，其中最有名的，要数“莲藕排骨汤”“福肉”。覃塘莲藕在清咸丰年间就被钦定为御膳贡品，素有“藕中之王”的美誉，因其藕体鲜嫩、味道清香、口感粉酥而名扬天下。加之以排骨做汤，肉的香、藕的粉酥，实在令人回味无穷。覃塘“福肉”又称“四方肉”，与别处的“福肉”略有不同，其做法应与“东坡肉”相似。覃塘“福肉”色泽明亮，呈枣红色，香气逼人，嫩而滑，油而不腻，尝之令人拍案叫绝，想天下美食亦不过如此耳！

阳历六月末至七月初是赏荷的最佳时节。出了覃塘镇，沿着 209 国道向北走，不一会儿就到了平田屯。荷花十里平田看，犹有清香沾满襟，令人流连忘返！

如今的覃塘镇日新月异，正焕发出前所未有的生机。拔地而起的高楼、林立的商铺、车水马龙的街道、常挂着笑容的脸……翻天覆地的变化，已非往昔可比。这就是覃塘镇，一个古老而年轻的城镇！这里的人们安居乐业，热情好客。如果你到覃塘来，定能让你感觉宾至如归！

从文明的源头走来

◎邓东喜

人类文明的发源地，总与河流分不开。世界四大文明古国中，古埃及与尼罗河、古巴比伦与两河（幼发拉底河和底格里斯河）、古印度与恒河、古中国与黄河，均是相生相长。河流是地球生命的重要组成部分，是人类生存和发展的基础，是地球上多样生态系统中最基本的存在形式之一。人类及其社会生态系统的发生发展与河流相互依存、密不可分，因为河流附近土壤肥沃，生物繁多，地势较为平坦，河水又可以为人类提供灌溉和饮用的水源，可以说，人类文明的第一行脚印，是踩在湿漉漉的河流边上的。

万丈冲口遗址（邓东喜摄）

郁江，这条奔腾在浔郁平原上的大河流，同样诞生了人类文明。地处郁江边上的覃塘区，更是拥有着众多的古代文明，吸引着专家学者的高度关注。

先说说万丈冲口古人类遗址。

万丈冲口遗址位于覃塘区大岭乡大角新村万丈冲口和郁江交汇处北面。据考古记录，该遗址面积 4500 平方米，文化层厚 1.5 米，已采集夹砂黑陶 2 件，夹砂红陶 5 片；红陶有黑胎衣、绳纹，厚薄不一。还采集石锛 1 件、残锛 3 件、砍砸器 2 件、刮削器 1 件、三棱尖状器 1 件、石核 1 件、螺壳 9 只。

“夹砂黑陶”“夹砂红陶”“石锛”“刮削器”“三棱尖状器”……这些都是典型的新石器时代生活生产工具。对照福建闽侯昙石山遗址的考古发现，万丈冲口遗址无疑是中国南方地区典型的新石器文化遗址之

一。这样，我们可以推断，万丈冲口文化距今应有 3000 至 4000 年的历史，是覃塘古文化的摇篮。它的出现，将覃塘文明史向远古大大推进了一步——3000 多年前，覃塘人的祖先就在这片广袤的平原上劳作、繁衍生息。

再说说广西少数民族不可或缺的神器——铜鼓。

铜鼓是中国古代一种打击乐器，迄今已有二千七百多年历史，以广西数量最多，分布量最广。最初铜鼓是作饮器之用（即釜），后才演变为敲击乐器。据裴渊《广州记》和刘恂《岭表录异》，壮族铜鼓有的“面阔丈余”，有的“厚（仅）二分以外”，“其身遍有虫、鱼、花、草之状（花纹）”，制作极其精巧。

传说铜鼓原是南天门的神鼓，具有通天的本领。在民间的口碑中，它还具有驱邪除恶的本领，特别能镇“鳄精（蛟龙）”，因此人们都认为通过它可以冲刷心灵的痛苦和烦恼，获得吉祥的慰藉，还可以表达心

木井遗址（邓东喜摄）

愿和诚意，祈神保佑风调雨顺、五谷丰登、人畜兴旺、国泰民安。每逢婚丧庆典或重大节日，壮族人民都要敲击铜鼓，奏乐起舞，以示“天地自然和谐相生，人文情怀长存不息”，并表达对和平幸福生活的追求。

古代的壮族地区，每村每寨必备一面铜鼓，而且只能由寨主、山主或垌主保管，逢正月初一、三月三、六月六和九月九才能在寨老会的指挥引导下，由八个童女执花开路，八个童男抬着铜鼓，走向寨子中央祭台去祭擂。如遇强敌攻寨，情况万分危急，可由寨主执鸡尾翅前去埋鼓禁地掘出紧擂。铜鼓响起，周边寨子的人们不管正在忙什么，必须立即赶来协助御敌……

覃塘区出土过不少铜鼓，据1993年版《贵港市志》记载：“贵港市历年出土的铜鼓有90多个，现存于文物管理所的大小铜鼓共9个。其中八芒六蛙云雷纹铜鼓1个，径69.3厘米，高42厘米，重31.7公斤，1974年5月3日于大岭乡古平村出土。……十三芒四蛙铜鼓7只，每个重约30至40公斤，先后于蒙公乡新岭村……东龙镇柳蓬村、同闭村，覃塘镇拥兴村等地出土，均为汉代铜鼓。”“八芒六蛙云雷纹”“十三芒四蛙”这样精巧无比的纹饰，表明了汉代覃塘制鼓工匠的高超技艺。

最后说说一个神奇的水井——木井。

水，是生命的载体。水和人类紧密相连。

自古以来，人们迁居到一个地方后，总是先觅泉掘井，然后繁衍生息。

水井一般是人为开凿，用石块或砖头砌成的或圆或方的构筑物。在覃塘这片古老的土地上，一般一个村总有一两口井，多位于村子的巷弄旁、民宅的院子里，或者村外的田园里、山麓边。有这样一口井，因为神奇起源、构筑材质与众不同而美名远播，它就是覃塘的一个清代水井——木井。

木井位于现五里乡六贡小学以北150米的水田里，建于清代中期。井下有一棵榕木，空心，径约1米，把木锯断，水即从根部经木心冒出，人们于是趁势将其修成圆形井。每逢太阳正顶，站在井边，透过清水，可见到井底的木头，故称“木井”。木井口径1.3米，深5米。

从清代中期到现在，两百多年了，木井仍然喷流不息。它是时代的象征，也是历史的见证。虽然岁月注定要流逝，古老的生活方式必然被打破，但这口曾经哺育过一方子民数代人的水井，依然坚守在历史的舞台，向世人默默地诉说着曾经的辉煌。而人们也对它呵护备至，像供奉神灵一般。它为人们提供了两百多年从未间断的汩汩清泉，直到现在，井水依然清澈见底。当你用最虔诚的姿态俯身掬一口清凉放入口中，那一股清甜便会沁入你心中，这种滋味不是一般的瓶装饮料所能比拟的。

覃塘的文明从懵懂少年般的新石器时代开始，在历史的舞台上走过了几千年的春夏秋冬，上演了一出又一出精彩的活报剧。时至今日，文明的精髓已渗入到每个覃塘人的骨髓里，而覃塘人也怀着一颗崇敬和感恩的心，努力守护着祖先留下的那些弥足珍贵的文化遗产。

五山之中的守望
——樟木乡纪事

◎潘大林

早就听说樟木是个神奇的地方，那里不但山水妖娆，民风淳朴，还保留着许多别具特色的民族特色与风情。它是个有着近九万人口的大乡镇，壮族人口占了百分之九十三，只有数千人是汉族。

作为当地“少数民族”的汉族，尽管人口不多，但它又对地方经济、社会和文化的发展，起着举足轻重的作用。

“广东人当年曾是樟木经济发展的支柱，樟木能有今天的面貌，他们的贡献是最大的。”李锡全老人这样对我们说。这位壮族老人今年八十一岁了，曾在当地担任过教师、乡镇干部，从振南乡人大主席的位上退下来，现在正在家中安度晚年。他对樟木的历史文化有着深挚的热爱和研究，是当地难得的活字典，要了解樟木的历史文化，对他的采访是必不可少的功课。

我们好不容易来到他家，因为连月不雨，门前的田地一片干旱，但他家的小院子依然青葱一片，我们就坐在葡萄架下聊起来。老人二十世纪五十年代中期毕业于当时的广西高级师范学校，是位很有文化和见地的老人。他毕业回到沙村中心校任教，负责的毕业班 50 个学生，一下就有 14 人考上了樟木初中，成为当时震惊一时的地方新闻事件。

说起樟木的历史，他如数家珍，从樟木一处遗存的石刻《孟将军创辟遗记》说起，说这个石刻极有可能是三国时期诸葛亮七擒孟获的遗迹；说到同真寺的门联"真锁北江吉且安乎扶两境，同前事会德思衍也兴千秋"的解释；说到明代为剿大藤峡起义，于樟木设立五山巡检司，统辖着不少兵马以维持一方秩序；说到清代中叶广东人来到樟木做生意，于堡上的一棵大樟树下建起铺面，既卖从广东运上来的百货，又从这里收购丰富的蛤蚧、桔梗，每天都有数十辆马拉大车，将这些货物运往贵县去，当地人也来这里交易，慢慢就形成了一条圩，成了西江文化向八桂

樟木乡第四届"三月三"文化艺术节（李世东摄）

大地延伸的触角；说到 1930 年的第二次粤桂战争期间，10 月 9 日那天正是樟木圩期，粤军飞机轰炸樟木，当场炸死了 43 名当地民众，已有两百多年历史的北帝庙也毁于一旦；说到 1946 年，潘莸风领导的共产党游击队就在这一带活动，有力地打击了国民党反动政权……

据此我们可知，樟木确实是个交通要冲，它离覃塘约二十公里，离贵港城区约五十公里，在交通单靠步行的年代，那都是不短的距离。历史上曾以当地的罗山为中心，分设山东、山西、山南、山北四里。在方志上就被称为五山之地（并非现在来宾的五山乡）。明末清初顾祖禹所著的《读史方舆纪要》，就详尽地描述了这一带的地形："五山之地，周数百里，界宾州、迁江、武宣、来宾间，山深林密，八寨余孽往往逋逃于此。"因而，此地既是一个兵家必争之地，也是一个人员、商品适中的集散地，是得天独厚、他处难代的风水宝地。

来到樟木做生意的广东人，有李、黄、林、谢、傅等姓，姓氏庞杂，人不算多，但凭着敏锐的商业触角，他们将家安到了樟木，将生意做到了壮族兄弟的家里。他们知道和气生财的道理，既学着讲当地的壮话甚至客家话，也顽强地保留着自己语言的纯洁性。他们在圩上设立了粤东会馆，与做生意的人一起欢聚，处理着各种相关事务。时间尽管过去了两百多年，但他们的粤语居然还能保持着原汁原味的广州音，以至于早年贵县要招收粤语播音员，也非得从这里要人不可。在语言学上，这种现象称为语言孤岛，一个小岛处于一片汪洋大海之中，尽管风吹浪打，它自岿然不动。

同样的现象，还有一个客家小村子，客家人是信奉"宁丢祖宗田，不丢祖宗言"的汉人族群，尽管村子只有数百人，他们对自己话语的坚持，仍然到了令人敬佩的地步。能够保持这种语言环境，既得益于自己的坚持，也得益于民族之间的理解和尊重，更得益于相互间的学习与借鉴。因而在樟木这个地方，无论是汉族人还是壮族人，无论是总角垂髫的小孩还是耄耋之龄的老人，很多都成了语言天才，都会操壮语、粤语和客家话。

北帝庙（杨旭乐摄）

“这主要是为了方便做生意。”在樟木街上开着一间五金店的黄仲华老人说，他今年八十三岁了，是个典型的汉人，父亲从桥圩那边搬来。不时地有人进店里买东西，老人就会视对方口音，对之以壮话、客家话或者粤语。因而，在樟木，如果你仅从对方口音来判定他的民族属性，那很有可能就会犯错。人们就是从相互串门、相互联姻、相互做生意、相互唱山歌、相互拜祭神祇的活动中，结成了终生不渝的好弟兄。

1993 年重建北帝庙，黄仲华曾是主事者之一。北帝是道教的真武大帝，通称为北极玄天上帝，又简称北帝，为统理北方的道教大神。北方在五行之中属水，能统领所有水族，具有镇慑火灾之效。樟木重建起来的北帝庙矗立于古风岩一侧，被奉为一方的保护神，终日香烟缭绕，香客不断。

樟木本来是一片水旱之地，有着广袤的石山地貌，当年玉林地区的13万亩石山地，有12万亩在樟木乡境内。就在这片不算富庶的山地上，各民族间的互相融合、团结协作，不但创造了过去一段辉煌的历史，更创造出了美好的今天。现在，樟木仍然是贵港市和覃塘区西北一处重镇——尽管现在它还是乡，但在城镇化建设的浪潮中，它迅速地发展壮大起来，圩镇上的常住人口已近万人，一个现代小城镇的面貌已初露端倪，撤乡设镇便成了必须之举和必行之势。

为了传承和弘扬地方民族文化，从2012年起，覃塘区党委宣传部和樟木乡党委、政府连续举办了四届“三月三”文化艺术节，每年每到“三月三”这一天，相邻两市蒙公、北山、五山、石牙等乡镇数以万计的各族老百姓，都会穿着节日的盛装，从四面八方集中过来，参加一年一度的欢庆聚会，从那些丰富的体育比赛、多彩的歌舞表演、美味的地方小吃、琳琅满目的各种商品中，收获到一份自己的收获和欢愉。

今年来参加文化艺术节的，有樟木本土的农民艺术家，他们表演了壮话山歌、山歌剧和小品，他们幽默的话语和生动的表演，不时赢得了阵阵掌声。此外，还有出自本土到外地工作的艺术工作者，他们以自己的节目，表达了对故土那份浓浓的乡愁和深情。更有来自南宁的广西知名艺术家，他们以优美的歌声，抒发了自己对樟木的理解的歌颂。甚至还有来自美国的摇滚歌手，他们带来了不同风格的艺术诠释，也会带走对中国一个乡村“三月三”风情的甜美记忆。

山歌阵阵，唱响的是不绝的文化传承，唱响的是对民族团结的真诚赞美，唱响的是对小康生活的颂扬，唱响的是对美好未来的热烈向往——这就是樟木，一个承继着丰富传统的地方，一个充满着神奇魅力的地方，一个不断走向繁荣富裕、和谐美满的地方！

歌仙亲口把歌传

——西山村刘三妹的传说

◎潘大林

贵港覃塘的西山村有歌仙刘三妹的传说。

这其实是刘三姐传说的另一版本。刘三姐的传说广泛流传于两广地区，实际是岭南各族人民共同的文化遗产。

这个故事的最早文本记载，是罗尔纲先生从路工所著《访书见闻录》（上海古籍出版社1985年8月版）中发现的清代康熙二十八年（1689年）蓉江怀古堂所刊、由钱塘陆次云评选编入《古今文绘稗集》中的明代作者孙芳桂的《歌仙刘三妹传》。同样的记载还留存于《粤风续九》《池北偶谈》《粤述》《广东新语》《古今图书集成》等民间或官方编纂的典籍中。

歌仙石，位于石卡方竹村（杨旭乐摄）

据记载，刘三妹的故事发生在唐代的贵州，亦即今天的贵港市。今天的覃塘区的石卡镇，有一座山叫西山，山下的村子叫西山村。

唐代神龙年间，西山村一位名叫刘晨的农民生了三个女儿，个个都聪明伶俐，擅长唱歌。第三个女儿更是绝顶敏慧，人们都叫她刘三妹。

刘三妹七岁开始读书识字，且十分喜欢唱歌，聪明到了学什么就会什么、看什么就懂什么、见什么就唱什么的地步，父亲觉得很奇怪，故意出些题目考考她，结果她总是不假思索就可以脱口成歌。

刘三妹到了十五岁，身段出落得风姿绰约，歌声演练得妙曼动听。歌喉一开，大有让天上的鸟儿、江中的游鱼和路边的行人都停下来倾听的地步。她以自己的歌声，歌唱春天，歌唱劳动，歌唱爱情，赞美美好的事物，点染俗世里平凡而艰涩的人生。

贵港大地上至今流传着许多脍炙人口的山歌，其中许多有可能经过

了三妹的传唱。

她应该唱过那首著名的《藤缠树》:

入山忽见藤缠树，出山又见树缠藤。

树死藤生缠到死，树生藤死死亦缠。

她应该唱过劳动的歌:

看牛弟，看牛郎，日日骑牛上山冈。

山冈草好牛快跑，又得阴凉大树傍。

她应该唱过惜时的歌:

妹相思，不作风流到几时，

只见风吹花落地，不见风吹花上枝。

她应该唱过说理的歌:

辣椒有人说不辣，甘蔗有人说不甜。

不信问人试试看，有人说好有人嫌。

她应该唱过讽刺的歌:

正想收心不做媒，又见人家肉大堆。

半夜三更睡不着，又想乜谁配乜谁。

她应该唱过劳动歌、时令歌、苦情歌，也应该唱过哭嫁歌、十难歌、送葬歌。她的歌声传遍了郁江两岸，传遍了八桂大地，进入了民间传说之中，以至于《歌仙刘三妹传》中认定:“至今粤人会歌盛于上元，盖其遗云”，认为后人所唱的歌是她所传唱下来的，可见她在当时人们心目中，已具有崇高的“歌仙”的地位。

歌声中，三妹一天天地长大，她的名气也越来越响，于是到处都有人来找她对歌。来找她对歌的人，一般在当地都已有点名气，但不管怎么唱，都不是她的对手，有的一开唱就败下阵来，有的坚持了一天两天，最终还是赛不过她，怏怏而去。到她十六岁的时候，来找她唱歌的人几乎每天都在大门外围满了，她也来之不拒，一一与他们唱和，但唱歌归唱歌，没有任何逾越礼教之举。

一天，来了个邕州（今南宁）白鹤乡的少年张伟望，他长得很帅气，

覃如贵(左二)获得广西首届“十大民歌手”称号(韦世策提供)

读过很多书，懂得音律，善于唱歌，言谈举止很是庄重得体，大家都很敬重他。他来到西山村，乡人在西山旁筑了一个歌台，有三重台阶，还以紫檀做栏杆，以彩缎做帷幕，以百宝流苏围于四角，让他和刘三妹登台去对唱三日山歌。三妹穿着漂亮的服饰，长发垂至腰际，斗笠上两根彩带随风而飘，一双美目顾盼生姿。张伟望则头戴乌纱，身穿绣衣，恰如玉树临风。这一天，风清日丽，山明水绿，“粤民及瑶壮诸种人围而观之，男女百层，咸望以为仙侩”。两人互相作揖行礼之后，“少年乃歌《芝房烨烨》之曲，三妹答以《紫凤》之歌，观之人莫不叹绝。少年复歌《桐生南岳》，三妹以《蝶飞秋草》和之。少年忽作变调，曰《朗陵花》词，甚哀切，三妹则歌《南山白石》，益悲激，若不任其声者。观之人皆为欷歔”。

就这样，他们你一首，我一首，此唱彼和，层出不穷。他们都不唱旧歌词，而是即时构思，随口而出，甚至以当地瑶族、壮族人的语言即兴编出歌词，想怎么唱就怎么唱，直唱得日月为之生辉，山水为之增色。观众越来越多，大家都听入神了，忘记了干活，也忘记了回家。

壮家人人好歌喉（潘大林摄）

唱着唱着，三妹对大家说："这个歌台太低了，加上人声喧杂，西山顶上有现成的歌台，我们不如上山去，为大家唱上七日七夜！"于是三妹和张伟望都换过淡妆便服，登上西山顶上，对坐下来继续唱歌。山太高了，歌词尽管听得不太清楚，但歌声却更加清朗悠远，像从天上传下来似的。

山歌唱至第七天，大家仰望山顶，好像还看到他们在对歌，但已听不到歌声，就叫两个小孩爬上山去探视，一会儿，两个小孩下来报告，说他们两人都化作石头了。大家纷纷登山一看，果然看到两具石人，料想他们两人都已登仙而去。这一天，在唐玄宗开元十三年（725 年）乙丑正月中旬——也许说不定就是元宵节那一天。

三妹成仙了，她的传说四处流播，她的歌声也永远流传下来。

贵港这个刘三妹与秀才和平对歌、共同登仙的故事，其中没有情爱成分，也显然与刘三姐用歌声和地主老财作斗争、以山歌嘲戏秀才的故事大异其趣，在这里刘三妹以歌会友，以歌传艺，与张伟望秀才共同上演的是一出“和谐双赢”的喜剧。刘三妹流传下来的民歌和对歌这种方式，已成为了贵港壮汉等民族共同的文化遗产：

“三姐骑鱼上青天，留下山歌万万千。

如今遍地成歌海，都是三姐亲口传。”

时至今日，贵港各地还有唱山歌对山歌的习俗。每年春暖花开的“三月三”，唱山歌和听山歌的人们从四面八方聚集起来，或者在集市，或者在山间，或者在某个风景点，或者就在村中的大榕树下，新老歌手们引吭高歌，歌唱劳动，歌唱爱情，歌唱他们的喜怒哀乐和爱恨情仇，歌声或激越高扬，或低回婉转，一些实力派优秀歌手从中脱颖而出，再经过百磨千练，逐渐成为深受乡亲们喜爱的歌王。

2007 年 6 月 9 日，广西举行了首届歌王大赛，来自刘三妹家乡贵港覃塘区的歌手覃如贵，以其嘹亮的歌声和风趣幽默的演唱，入选广西十大歌手，成了当之无愧的歌仙刘三妹的传人之一。

（文中山歌选自《中国民间文学三套集成·贵县歌谣集》）

平天山上杜鹃红

——草莽英雄黄鼎凤

◎宋显仁

巍峨的平天山顶上，有个黄三寨遗址，这里埋藏着 150 年前的一段悲壮的故事。

清同治二年（1863 年），33 岁的农民起义领袖黄鼎凤率领义军占据了平天山顶，建立根据地，号称为平天寨。上山后，黄鼎凤自称大成国建章王，并在山寨上建造宫殿，还向四面八方发出檄文，宣称将要出师长江。这时候，离他 19 岁那年（1849 年）加入天地会刚好有 14 个年头。

黄鼎凤 1830 年生于覃塘青云村，乳名特旁，排行第三，所以又叫黄三。黄鼎凤小时候由于家境贫寒，并受地主压迫，历尽了磨难，15 岁时

平天山风光（韦金良摄）

就被迫逃难他乡。19岁时，他在黎塘参加了天地会。1852年底，22岁的黄鼎凤在覃塘开设“壮丁馆”，秘密发展反清势力。1853年11月，他瞅准时机，发动郭西起义，一举扫荡了覃塘、黄练等周围村镇，亲手了结了当初害得他家破人亡的地主黄德三的性命，为他父亲报了仇。接着，黄鼎凤率兵攻下了贵县县城，并发布了著名的檄文《尧天宝诰》，对清政府进行了痛斥：“变我衣冠，形容非旧；屠我种类，血迹犹新”，“今满昏庸，独夫肆虐；卖官鬻爵，贿赂公行，附势梯荣，苞苴竞进”，“官无耻，吏无廉，专以自肥为念；将无才，兵无勇，不知民瘦堪虞。”黄鼎凤在檄文中还明确地表明，起义军秋毫无犯，“旌旗辉日月，可云鸡犬不惊；我马满郊垌，所过秋毫无犯”。檄文最后还对贪官污吏、地主豪绅提出了严厉警告。

1855年5月，广东天地会首领陈开和粤剧名演员李文茂领导的农民义军攻下浔州府，改浔州为“秀京”，建立了“大成国”。黄鼎凤积

极响应，被封为大成国“隆国公”。大成国建立后，几年间陆续占领了数十个州府县城，引起清廷的震怒。1861 年 7 月，清政府调兵遣将，派广西按察使蒋益澧率重兵攻打秀京，8 月，秀京被攻陷，陈开在贵县木格被俘就义。黄鼎凤率领残部约十万人，多次想收复秀京，但均未成功。

1862 年，蒋益澧调任浙江布政使后，黄鼎凤又遇到另一强敌——广西布政使刘坤一。刘坤一 1855 年起参加了湘军楚勇与太平军的战斗，由于立下了不少战功，于是由廪生逐渐升至知府。刘坤一应对农民起义军可谓有一手，把“兵不厌诈”四个字用得得心应手。

巍峨的平天山，山高林密，进可攻，退可守。黄鼎凤在平天寨上建造有防御工事，挖有壕沟，设有巨炮，储备有较多粮草、弹药。他居高临下目睹了刘坤一的手下一次次被打得落花流水，高兴得吟道：“虎霸山高安社稷，龙飞九五定乾坤。”他的军师周竹歧也和诗一首：“荷戟归来暂息肩，高山万丈上平天。百王事业罗胸曲，一统山河在眼前。荆棘十年锄粤岭，烟花三月出秦川。乾坤不回家何在？尽在秋来马一鞭。”英雄气概跃然而出。

然而，靠镇压太平军起家的刘坤一也非等闲之辈，他调来周边州县的团练，首先对义军在平天山外围的据点逐个清除，这使平天寨成为一个名副其实的孤寨。刘坤一同时又调来十多门重炮从各个角度对准平天寨，每天发炮攻击，义军时有死伤。

1864 年 2 月，刘坤一指挥一千多名团练，从龙山口突袭平天寨，但被黄鼎凤打退。他见久攻不下，便派出总兵刘本志以使者身份登上平天寨劝降，遭到黄鼎凤拒绝。而这时，山上的兵马粮草也越来越少了，黄鼎凤急忙派出二军统领黄祖志缒下山寨前往宾州搬救兵，不料刚一下山即被发现，清兵抓住他后许以重赏，押着他登上大平天上，隔山劝小平天上的义军，只要放下武器就可以免死。可黄祖志却大声遥呼道：“大家不要听信清妖的，你就是投降了他们也会处死你！大家一定要拼到底，会有救兵的。”刘坤一听后恼羞成怒，命人立刻将黄祖志处斩了。

刘坤一当然不会就此罢休，他想起了黄鼎凤的家人可能还在青云村，于是亲自跑到青云村，找来黄鼎凤的母亲和妻子，并假惺惺地认黄母为干妈，连骗带哄地将她们带到了平天山脚下，还备了一份厚礼，并叫上两乘轿子，抬着她们上到了平天寨前劝黄鼎凤放下武器下山，并说只要黄鼎凤下山归顺朝廷就可以得到大官职。

爱子心切的黄母见到儿子不听她劝说，又想着刘坤一已布下重兵围困，儿子下山归顺说不准真能得到一官半职，而坚持撑下去，肯定连命也会丢掉，于是她不由地哭诉起她的艰辛来，说着说着，她竟然跪了下来哀求儿子，并说，如果鼎凤再不下去，她就死在这儿！黄鼎凤的妻子见状，也跟着婆婆跪了下来。

内心痛苦、挣扎的黄鼎凤终于无法再忍受母亲的长跪哭泣，加上军师周竹岐也认为下山可行，于是他长叹了一声，不顾手下另一军师黄庆蕃等人的反对，便和军师周竹歧下山投降了清军，这一天是 1864 年 4 月 23 日。

第二天，黄鼎凤传令寨上开闸，等候收编。寨上开门后，万余名清兵蜂拥而上。清兵收缴完义军全部武器后，即对义军进行了捕杀。义军知道上当，便徒手与清兵殊死搏斗。激战中，430 多名义军血洒疆场，470 多人被俘后也全部牺牲。鲜血染红了整个山头，浇灌了山顶上正盛开的杜鹃花。黄鼎凤、周竹歧被押回贵县后，被清兵凌迟，壮烈牺牲。

黄鼎凤殉难的时间离石达开在成都就义的 1863 年 6 月 27 日，差不多就一年的时间。石达开是晚清最著名、最勇敢的反清斗士、义军领袖，黄鼎凤尽管没有石达开的名气大，但也是广西有影响的义军领袖，两人同年代，年龄也差不多，石达开“舍命全三军”，而黄鼎凤尊母命归顺朝廷，但最终的结局都同样，实在令人唏嘘！我想，如果当年黄鼎凤随石达开出广西，或者说石达开像黄鼎凤一样留在贵县，不知结局又将如何？黄鼎凤，他还会不会淹没在草莽间？

从茫茫苍苍的连绵群山深处收回目光，我又一次凝视着眼前火红的杜鹃花，我觉得这些耐寒的花朵，它们就是大地山川坚强不屈的灵魂。

悠悠岁月忆风云

◎宋显仁

乾隆武进士甘其卓

光绪《贵县志》载，甘其卓为怀西四里（即今覃塘石卡、大岭一带）人，乾隆十年（1745年）乙丑科武进士。甘其卓身材魁梧，有勇有谋，任过云南参将、副将等职。后曾转战大半个中国，官至记名提督（从一品），驻防于热河。

热河为清朝初年设置的直隶省，在乾隆时期乃名副其实的夏都，甘其卓在热河任要职，可见中央政府对其的看重。来自偏远乡村、不可能有多大后台的他，如果没有扎实的武功和带兵卫戍的作战能力，估计很难登上如此高位。可惜，他竟阵亡于知天命的50岁。

甘其卓墓位于今覃塘区石卡镇都蕴村东甘屋土岭上，墓碑高85厘米，宽40厘米。中间

位于石卡镇都蕴村的甘其卓墓（黄秀成摄）

有字：“皇清赐进士敕授四川省永宁协都司忠义定远慈考吴氏合墓”，上款：“□乾隆肆拾肆年岁次己亥孟冬月吉旦立　内阁副都御史年家眷弟吕炽顿首拜题”，下款：“奉祀男□贤孙□□同百拜”。

这个“顿首拜题”的吕炽（？—1778年），为广西临桂人，雍正五年（1772年）进士，官任礼部侍郎（从二品）等要职。甘其卓墓碑为乾隆四十四年（1779年）立，而吕炽卒于1778年，由此可知，甘其卓应是在1778年前去世的，其“阵役”时50岁，由此可推知，甘其卓应是1728年前出生的人。甘其卓1745年中武进士，当时他也就18岁左右。这样一个乡间少年十多岁中进士，真是太牛了。

民国早期的风云人物龚雨庭

龚雨庭，1887年生，名政，字善同。清末宣统初年（1909年），龚政留学日本，就读于东京明治大学，攻读政法，期间参加了同盟会。1910年毕业回国，任广西贵县县立中学校长。1913年初，龚政进入广

西省参议会，出任中华民国政府国会议员，参与制定《中华民国宪法草案》，是众参两院议员组成的 30 名宪法起草委员会委员之一。期间，他还兼任《天坛宪法》起草委员会委员。

龚政还曾参与《讨袁宣言》的起草。在一次国会常务会议上，龚政在会场里巧妙地把《讨袁宣言》分别送给赞成的议员，然后机警地离开会场。当袁世凯的手下包围会场时，龚政已离开北京。随着袁世凯的通缉令铺天盖地，龚政也名声大振。

1917 年，中华民国政府恢复国会后，龚政在对德宣战（第一次世界大战）和借外债等问题上与段祺瑞一派的议员辩论，双方争执到面红耳赤，由动口到动手，龚政被段派议员用铜墨盒击伤头部，血流如注。事情发生后，报纸连续报道龚政受伤的消息，这又使龚政成为全国头号新闻人物。孙中山回广东组织护法军政府后，龚政在政学界和桂系的推荐下，于 1918 年出任广东省造币厂厂长，1920 年任广东省财政厅厅长。1925 年 3 月，孙中山病逝，面对时局混乱和派系斗争，龚政心灰意冷，

石达开纪念碑（黄秀成摄）

于是回到了家乡。

回到家乡后，龚政于1933年出任贵县修志局局长，与梁岵庐等人编写民国版《贵县志》，其时他专程带队到龙山、奇石等地寻找石达开的故居遗址，访得石达开祖墓碑记，这为史学界解决了长期争论的翼王籍贯问题，为研究太平天国领袖人物石达开起到了重要的作用。

在东湖，龚政建立了我国第一座"石达开纪念碑"和"翼王祖墓碑座"，镌刻了国民党政要胡汉民、居正、李宗仁、白崇禧等人的题字。

1936年春，龚政还和南江盛光庭合力修建了贵县南山寺"舍利塔"，该塔也为千年古刹南山寺增添了景观。

由于历史原因，新中国成立后龚政曾受到审查。1952年，困顿中的龚政在贵县病故。

傲骨诗人罗一清

罗一清（1877年—1932年），字寿泉，覃塘山北里下龙村人。清光绪辛丑年（1901年），补行庚子科举人。

光绪初年，号称"陈不问"的贵县知县陈景华"治乱用重典"，对狱中之人不问缘由，动辄斩杀，时不时还借剿匪之名下乡骚扰、滥杀，刚上任半年，就有两千多人丢了命，百姓对此敢怒不敢言。面对"陈不问"的所作所为，罗一清十分气愤，他赶到浔州总督行辕，向时任两广总督的岑春煊反映情况。第二天，覃塘另一个读书人龚仁寿也赶到了浔州，向岑春煊面控"陈不问"滥杀无辜。岑春煊随即调查核实，把陈景华革职逮捕。这是罗一清中举后第二年的事。罗一清还草拟了《整顿衙役章程》呈报岑春煊，获准执行，由此受到了百姓的称赞。清末民初，罗一清曾任英德、象州知县，刚直清廉的他后来辞职还乡。

罗一清曾任候补知县多年，身逢乱世的他，可谓怀才不遇，甚至可以说命运多舛，这从他的诗中也可以窥见一二。

比如，有一年他到县城居住，深夜登楼，竟从梯上坠下，左腕受伤，

几断两足，医月余始愈，无聊中他作诗自遣：“年来久卸紫罗衣，回首青云路已非。举足何尝争捷径，折肱竟似学良医。登高始觉层层险，履坦仍须步步微。几度自怜还自笑，枉曾梦向木天飞。”

1904 年，罗一清在英德县审理积案时，有一天因送客下船，被人诬为挟妓饮酒，他气愤之余，赋诗解嘲：“匆匆送客到船家，地接河阳一县花。杯里弓蛇徒影幻，水边鬼蜮竟含沙。清高本是群中鹤，噪聒偏来井底蛙。要识江州白司马，何曾真个听琵琶。”这一次，幸亏罗一清的上司还算正直，平常也了解罗一清为人忠厚诚实、处事谨慎和循规蹈矩，知道这不过是同僚之间的倾轧，否则他肯定要回下龙村老家种红薯了。

身处乱世，傲骨书生往往空有才华而郁郁不得志，罗一清正是如此。无聊之余，他常以饮酒、吟诗自娱。当然，罗一清也渴望横刀立马，纵横驰骋。他曾吟道，“书生自有从戎志，何日能挥返日戈？”“为问出师诸葛亮，何时重唱大刀环？”但想到自己的身世和官场环境，也只能“惟余忧国泪，挥洒对西风”了。

罗一清于 1932 年在家中病逝。抗日战争时期，其遗属搜集其遗稿，得诗词 101 首，编印为《寿泉诗词钞》一册。罗一清一生忧患时势，有才华也敢于为民请命，岁月的风铃，永远回响这样的读书人“平天下”的声音……

乘风破浪好扬帆

——风生水起的沿江经济

◎韦宁清

一条铁路从覃塘区黄练火车站往东南延伸，像一头巨兽直扑石卡码头，号称亚洲最长、横跨大岭乡和石卡镇的高架传送带，像一道彩虹飞落江边，畅饮着郁江江水……

朝阳冲破轻薄的晨雾，给来来往往的商船披上了一层美丽的彩衣。汽笛声声，船头激起阵阵浪花，船尾水波翻卷，两岸村落林立，绿树纷披，满目都是清幽秀丽的景色。

沿江经济一直是覃塘的强项。早在汽车、火车不通的年月，人们就通过西江上的航船，把覃塘与粤、港、澳紧密地联系起来。那些精明的广东生意人，早在两三百年前就来到覃塘，

永泰码头（黄秀成摄）

利用西江航道的便利，做起了贸易生意。他们在覃塘、樟木、黄练扎下根，将广东的百货、从外洋进来的洋货运上来，再将覃塘本地的粮食、山货和中药贩到广东去，从中赚取了丰厚的利润。为了便于互相帮助、交流信息，他们在壮族聚居区建起了粤东会馆，成立了自己的同乡会，这些具有“联谊、祀神、合乐、义举、公约”功能的会馆，见证了覃塘曾经的发达与繁荣。

今天，随着经济高速发展，沟通覃塘与外地的交通网络逐渐完善，324国道、209国道、南宁至梧州的二级公路和高速公路、南宁至广州的高速铁路，还有沿江的一系列货运码头，巨大的货运能力，已使覃塘成了外商投资的最佳首选。中国五百强之一的华润集团，还有台湾辜氏的台泥集团，都不约而同地选取了这里作为他们发展自己事业的重地。

覃塘的地表上耸立着一系列高大的石灰岩石山，这些石灰岩贮量丰富，石质优良，是生产水泥的最佳原料。华润和台泥相继落户覃塘，看中的正是这里便捷的水路运输。通过那些两三千吨级的货轮，其产品可以畅通无阻地运到广东、港澳乃至世界各地。

台泥（贵港）水泥有限公司是台泥水泥集团全资子公司，于2006年落户覃塘黄练镇的黄练峡。这家立足于幽深山谷里的公司，拥有四套日产6000吨自动化干法水泥熟料生产线，还有两套21000 kW 纯低温余热发电机组，并有与之相配套的专用码头、铁路专用线等辅助生产设施和生活设施。如今，这里已是年产900万吨水泥熟料的生产基地。迄今为止，台泥总体投资额已达37亿元人民币，2012年荣获广西百强企业排名第53名，在广西水泥行业中排名第一。

从黄练往江边走，来到郁江岸边的华润水泥（贵港）有限公司。这里距贵港市区约15公里，距南宁市约130公里，华润公司在此建成了两条日产4000吨熟料水泥干法生产线，总投资约13亿元，年产高标号水泥360万吨，年产值达20亿元，实现利税超2亿元，成为地方财政收入的支柱，创造了良好的经济效益和社会效益。

台泥（贵港）水泥有限公司（覃博艺摄）

依托郁江，一个全新的覃塘产业园区正在江边崛起。这个园区是广西全力推进的 27 个产业园区之一，距贵港市中心城区 8 公里，总规划面积约 36 平方公里，以港口现代物流业、食品加工业和清洁能源动力制造为主导产业。主园区石卡临江产业园东临郁江，千吨货轮可上溯南宁，下抵粤港澳，距南广高速公路入口 7.5 公里，园区进港大道和南梧高速贵港一级连线相连，水陆交通便利。园区内可利用规划岸线 5.43 公里，可建 50 个以上泊位，已建成台泥专用泊位 6 个，在建泊位 11 个，年吞吐量达到 1200 万吨，仅一个永泰码头，年吞吐量就有 600 万吨。整个项目完成之后，将成为区域内最大、最现代化的物流中心。

方便快捷的交通条件和优越的货运环境，吸引了一个又一个项目在此落户。到 2014 年底，落户覃塘产业园的企业已有 46 家，安排就业人数 5000 多人。

乘风破浪会有时，直挂云帆济沧海。迈进新时代的覃塘区，正抓住机遇，利用沿江的有利条件，稳步发展经济，全力打造出一片富裕文明、和谐稳定的新天地。

山明水秀美壮乡

凌波仙子落凡尘

——记石卡九凌湖

◎宋显仁

来到九凌湖，便想到凌波仙子，诗意由此在心中滋长。我想起北宋黄庭坚的诗作《王充道送水仙花五十枝欣然会心为之作咏》，诗中写道："凌波仙子生尘袜，水上轻盈步微月"，黄庭坚借用曹植《洛神赋》中形容洛神步履轻盈的句子"凌波微步，罗袜生尘"，入神地描绘水仙的气韵高洁、清秀俊逸，从此，水仙花获得"凌波仙子"的雅号。

清凌凌的九凌湖，怎能让我不想起凌波仙子？而想起凌波仙子，又让我想到了水灵光。水灵光，凌波仙子一样的女子，她是台湾著名已故武侠名家古龙武侠小说《大旗英雄传》里的主角之一，是夜帝与水柔颂之女。水灵光从小在深谷长大，

九凌夕照（杨笑颂摄）

喜欢以歌代言，被古龙喻为“空谷幽兰”，其清丽脱俗，不沾染人间烟火，集天地间至柔、至灵于一身，仿佛水晶雕成，晶莹剔透，不染尘埃。而九凌湖又何尝不是这样的清纯至洁？

想到这儿，诗意和憧憬更是满盈于心。在秋色里恍若来临眼前的，仿佛是当年的凌波仙子。何妨，在秋光里与心爱的人再到九凌湖一品秋水长天一色？

“落霞与孤鹜齐飞，秋水共长天一色”，唐代王勃的《滕王阁序》以落霞、孤鹜、秋水和长天四个景象勾勒出一幅宁静致远的画面，被誉为写景的精妙之句，广为传唱。而要体验到这一景致，并非真的要到滕王阁一游。石卡九凌湖就是凡尘难得的仙景，就是从心中起飞的那一只孤鹜，空中低徊，水天一色，唯美唯幻，最后，让人在凌波的光影里找到心灵安静的归宿。

在九凌湖观景，最佳的位置是湖中占地近 1 亩的湖心岛。小岛的西面和南面，石山群是映入眼中的天然国画，倒映水中见其气势磅礴、壮观雄伟。白天，天气晴好，凭栏听风，举目远眺，巍峨壮观的平天山浮现眼前；日暮时分，这里是赏月的最佳地方，亭上望月，天上一轮玉盘，低头又见银光落湖中，几分醉人的月色柔美飘浮心里恍惚不定。湖岸，蔗海连绵起伏，似是层层波澜荡漾，述说着勤劳人民富裕甜蜜的生活。

九凌湖湖面广阔，山清水秀，四季候鸟云集，甚为壮观。白云之下，一片苍翠，如此美丽风光之地，谁想到过，这里曾被称为“苦旱”？“挑水喝”谓之苦，“望天田”谓之旱。石卡镇大片区域属于“苦旱之地”，主要是由于这个地方属于地下河水系流淌的地段,加之缺乏地表水径流，即便夏季丰水季节，大量的降水也因迅速渗透入地里而无法收集。九凌与五凌位于石卡镇万塘村，是“苦旱”尤为严重之地。“苦旱之地”后来缘何有甘洌湖水依存与滋润呢？传说这与村背一个叫九龙岩的地方有关。

九龙岩，一个久远的传说。相传很久以前，九凌湖畔邻近的村庄十年九旱，人们到处求神拜佛，祈求老天降雨，但老天就是不显灵。这时候村里有个叫泰奋的小伙子，勇敢聪明，决心造福于民。他每天带领年轻人扛着锄头和铁锹，到村外草地上挖井抗旱。他们每天挖井不止，挖成了九眼数米深的井，但井中却没冒水。有一天，他们赤膊在烈日下继续艰辛地凿石挖井时，天空突然出现了九条彩色云带，泰奋他们定睛一看，是九条龙腾云飞舞。原来，这些龙听到地面叮叮当当的声音，又看见小伙子们艰苦打井的情景，深受感动，决定挽救灾民。时至黄昏，挖井的小伙子们收工回来时，九条龙降下井边，张开口向井内喷水，顷刻之间，九眼井全满了，接着水不断溢出井外，不一会儿，九眼井的水汇在一起，成为一条清澈的溪流，哗哗地流向干枯的原野。九条龙喷了水就飞到这座山的岩洞里休息，后来，人们便把这个岩洞叫作“九龙岩”。而九眼井的水不断涌出，汇成了今日的九凌水库。

九龙岩神奇的传说，引领着我一探究竟。那天，与朋友及万塘村的一个长者一起探奇。穿过宽阔的林子，不知不觉中便来到了岩洞口。这时，洞中的凉风扑面吹来。长者告诉我们，九龙岩冬暖夏凉，像城里装空调机一样。走入洞中，滴水声不绝于耳，映入眼帘的是千姿百态的钟乳石。有的像万年古榕，盘根错节，千丝万缕；有的像千年荷花，花瓣花柄，栩栩如生；有的像花果山，峻峭的山峰下，飞瀑流泉，树木参天，齐天大圣在水帘洞中扮着鬼脸；更有药王大佛温和地微笑，观音坐莲台惟妙惟肖，仙人抱童子在水上漂流，梁山伯与祝英台楼台会等。面对这些奇异景观，真叹服大自然的神奇！

九龙岩具有独特的神韵。九龙岩是三岩之洞，上下回环，洞洞出奇景。最让我们称奇的是九龙宫、响石洞、仙水池、珍珠池等景点。在九龙宫里匍匐休息的九条龙也就是传说中的造福于民的九条龙。此刻，它们正围着一泓清泉闭目养神，形似神似；在响石洞，我们轻敲石壁，立刻便传来清脆的回响，使人想起北京天坛的回音壁；仙水池虽只有小学生课桌那么大，可池水常年不干。从南海飞来的珍珠池紧挨九龙宫，面积有十多平方米，池水清澈见底，细看池周围全是一个个指头般大小的圆珠形石头紧密排列而成，的确像珍珠。游完岩洞，走到洞口，热浪向我们扑来，洞外洞内真的是两重天！

九龙传说毕竟是传说，“凌波仙子”出自勤劳的人民手中，这是劳动创造出来的巧夺天工。九凌湖始建于二十世纪五十年代，又称九凌水库，坝高 8.5 米，坝顶宽 3.5 米，坝顶总长 270 米，总库容量 1850 万立方米，水面合 13 万亩。水库原为九口长年不竭的流泉汇聚成一条小河，故称九凌；在九凌东面约半华里处又有五泉汇入，共十四凌，但是，由于人们喜欢久久长长，避“十四”而依旧取名为九凌。湖建成后，平均水深 2 米多，湖水冬暖夏凉，年平均温度在 16 至 20 摄氏度之间，既宜游泳，又宜荡舟，是避暑、水上运动的好地方，每年都吸引着许多游人前来给心情放一个假。

呵，九凌湖，你有凌波仙子的美，你就是凡尘俗世间的凌波仙子……

莲花山脉腾龙起

——平天山纪胜

◎宋显仁

地势高峻的莲花山脉犹如长龙一般起伏绵亘数十里，至贵港市北部覃塘区境内猛然昂首，仿佛巨龙抬头，气势磅礴地俯视着四面八方，这就是龙头山，又称北山。由于山峰巍峨挺拔、山高平天，而山顶又很辽阔，分布有3000多亩的高山大草坪，乃广西最大的大草坪，故又称平天山。平天山古名宜贵山，由于抬起的龙头也像香炉，所以也有称之为香炉峰的。过了宜贵山进入浔郁平原，那是古越人南方稻作文化发源地，可见此乃宝贵之地也。唐代时，郁林郡改置贵州，取宜贵山中的“贵”字命名，延续至今，贵港市城市名也保留了“贵”字。平天山分大小平天，两相遥望，

平天山风光（韦金良摄）

仅有一险崖相通。平天山主峰大平天山是贵港境内最高峰、桂南第二高峰，海拔 1157.6 米，是浔郁平原的至高点。

高山密林，险要地势，在乱世便成为藏龙卧虎之地。一旦遇风遇雨，便有蛟龙腾空而起。当年，反清义士黄鼎凤曾在此演绎了水浒一般的草莽英雄传奇。如今，黄鼎凤在此建造宫殿的石头仍在，那些在山风中沉默的石头仿佛在无言地诉说着往事。

这里，还走出了太平天国的重要将领翼王石达开与天官正丞相、燕王秦日纲。在当年的龙头银矿，身材高大壮实、善于做矿工思想工作的石达开与身为矿工首领的秦日纲，分别接受了拜上帝教的影响，石达开率领两千余矿工，秦日纲率领千余矿工先后愤举义旗，加入金田起义洪流。这两支队伍成为太平军的主力部队，在每一次攻城中几乎都是由他们打头阵，由此在南征北战中立下了汗马功劳。乱世之中，这些能干的

平天山冯四潭（韦金良摄）

矿工为了追寻大同理想、正义平等而走上了反帝反封建的道路。在这一条道路上，他们有着比金银还要贵重的反抗骨气与革命精神。

莲花山脉腾龙起，无声风雨过百年。现今，漫步平天山，令人感叹的是这里似乎与乱世断了任何一丝的联系，断然想不到这样和谐的自然景象里，居然有旌旗猎猎的那一天。

新中国成立之后，平天山的建设开始起步。1957 年，平天山建场，1960 年奉朱德总司令的命令，玉林地区 40 多名国家干部和技术员来到这里，在此种下他们的青春与汗水，年复一年地守望平天山的美丽。如果没有这 40 多名开荒者用岁月之犁，把自己的腰背拉得如同弯弓一般的结实饱满，深耕这一片土地，我们可能就无法拥有今天的平天山。

1959 年，诗人韦其麟告别下放了两年的贵县平天山林场，回到广西首府南宁，这时候天平山的旖旎风光和覃塘人的热情好客，早已让他留下了难忘印象。在参加《广西壮族文学》一书的编写工作期间，韦其麟在一首标明创作时间为1958年春到1959年5月，名为《别情》的送别诗中写道：“走过梯田入茶林／送客歌声不断音／心中歌少未敢还／羞愧自是写歌人……更须何处觅诗师／僮家人人好歌情／心中歌少未敢还／羞愧自是写歌人。”天平山的歌，是贵港壮乡人的歌，是改造自然迎接新生活的歌，是自然世界与人类世界和谐共处的美丽之歌。

自然与人力的共同托举，营造了一片和谐与丰富的动植物天堂，营造了一个难得的天然氧吧。在平天山的林道间行走，数一数，杉、松、八角、桂皮、樟、椿、梧桐、树蕨、荔枝、龙眼、柿子、柑橘、杨桃等果树林，生长得茂盛与自在。珍禽走兽快活地穿行于缠绕的藤蔓间，奇花异草散落在岭头石隙，鹧鸪、斑鸠等鸟鸣回响山谷。

平天山顶如同棋盘的大青石，留下“仙界一日，世上百年”的神话。据传说，以砍柴为生的冯三界，有一日到了平天山顶，发现两位须发皆白的老人正在下棋。观棋间，不觉天色已晚，冯三界别过老人匆忙下山。

远眺平天山（黄秀成摄）

回到家中，冯三界发现离家时尚年幼的孙子已近中年，才知道在北岭山顶遇到的老人是神仙。第二天，冯三界又来到北岭山顶，只闻仙乐飘飘，却不见神仙踪迹。冯三界随着仙乐的声音走去，来到山崖旁，下面是深不可测的山谷，水声潺潺。两个弈棋仙人赠送给冯三界一件无缝仙衣，留下满枰棋子，乘云驾雾飞走了。冯三界收拾包篓，下山回家。待回到家里，却见房屋依旧，人事已全非。财主看他形神有异，说他是妖怪，把他放进大铁锅，放火焚烧三日三夜。揭开锅盖看，只见冯三界身穿仙衣，在锅里闭目养神，安然无恙，吓得财主奔逃无影。自此，冯三界云游各地，行医济世，后来羽化登仙。朝廷知道了此事，赐封他为三等圣爷，各处建三界庙、奉三界爷神像，四时香火不绝。

天上的世界神奇，也许，只有到了与天平高的平天山，才会觉得自己离仙界更近吧。仙界中，自然少不了仙女。走进平天山，领略美丽的自然风光的同时，也可以走进牛郎与织女的神话。

步行于平天山的曲折小道，牵藤扶树往前，来到一个叫作“仙池”的地方。路边山谷口有道屏风墙，门额书写苍劲有力的四个字：“北岳仙池”。两侧是门联：“牛郎寄语回北岳，仙女临池洗凝脂。”群山环绕，林间鸟鸣，山涧流泉，仙池的水清澈透明，晶莹如玉。难怪天宫七仙女会看中这里，来这里游山玩水，也难怪误入平天山仙境的牛郎会在此得到“艳遇”。今人有空时在这么美丽的仙境里约会，岂非诗情画意？

又是一年杜鹃红，四月的杜鹃装点平天山的摇曳多姿。平天山，又将风起云涌的历史收入了隐隐约约的春雾中去了。而在这一片春雾里，平天山变化为云海，变化为仙境，每一处都春潮涌动，澎湃人心，妙不可言。莲花山脉，雄踞龙头，风采万千，这是大自然留下的杰作，这是我们生命里、心涧中值得长久眷恋的美丽风景。

七星起浴西山秀

——石卡七星山胜景

◎宋显仁

车出石卡镇，很快就淹没在蔗海绿波之中。没多久，我们来到了传说中的七仙女下凡的地方。只见，碧绿的蔗海簇拥下的七星湖轻烟薄雾，宁静如镜，而七座山峰从水面耸立而起，立刻就让人想到了那七个婀娜多姿的美丽仙女。

从林间小路走到水边，我脑海中闪现了这样的镜头：云朵里落下七个仙女，她们齐惊呼，此处人间胜仙境！只见眼前清澈的湖水倒映着蓝天白云，各式野花点缀着湖畔的萋萋芳草，不远的村庄鸡犬相闻。孩子们在这里欢快地戏水。美丽的七个仙女挥一挥云袖，那七朵白云飘回了天空中。她们脱掉绣花鞋，光着脚丫子，在清澈的湖水中与孩子们一起嬉戏，将清凉的

七星山（卢建军摄）

水溅到对方的身上、脸上，然后惊起笑声一片。孩子们实在太喜欢这七个仙女了，央求七个漂亮的神仙姐姐留在这里陪他们玩耍。不知不觉，神仙姐姐竟然忘了王母娘娘的话，没有按时回到天上。王母娘娘左等右盼不见七个仙女回来，派天兵一查，才知道这七个仙女游玩不知归期。王母娘娘生气了，她说，既然这帮疯丫头玩疯了，那就不用回到天上了，罚她们留在人间吧！一声令下，七个仙女就被罚留人间，幻化成了七座青峰。

这就是七星山，位于贵港市覃塘区石卡镇西山村的七座山峰。如今，我们看到的七座石山并不高，但各具姿态。七座石山呈圆形分布，中间围绕着一个圆圆的土山。这被本地人称为“七星伴月”。传说，王母娘娘虽然惩罚了爱玩的七个仙女留在人间，但是，她们毕竟是自己心爱的七个女儿，王母娘娘又发下了话，将一颗她们平时十分喜爱的夜明珠从天上抛下来，落在她们的中间，让她们有个玩伴。每当夜深人静的时候，夜明珠发出灼灼之光，变成一弯月牙，七个仙女仙姿轻飘，飞升到月牙上，借着月牙一起升空回到天上。而一到东方泛白之时，她们又得回到这里，为自己的贪玩继续受罚。

广西境内有两处名为七星山的风景。另一处位于桂林市区漓江东岸，因七星山的七个山峰，犹如天上的北斗七星坠地而得名。去过桂林的七星山，再到石卡的七星山景区，会发现这两处地方各有千秋与韵味。

轻烟薄雾沐浴的西山是神秘与美丽的，而七星山就如沐浴的仙女在西山村里若隐若现。清雍正元年（1723 年）清明日，《刘三妹歌仙传》的作者张尔翮留下这样的文字："访友于贵县西山杨氏，路经山谷，惟见春色撩人，红紫万状，轻烟薄雾，山突天平。须臾入仙女寨……"乾隆二年（1737 年），安徽人、贵县知县朱士钰《西山》诗云："暮霭郁沉沉，芙蓉隐雾雨。依稀露峰头，倏忽迷村坞。别浦归渔蓑，晚烟乱鸦树。卷帘小阁西，闲眺应眉舞。"这些文字，描绘了轻烟薄雾沐浴的西山，点染了七星山的神韵，呈现了七星山相伴小镇村屯的祥和宁静。

一位当地老人说，石卡的七星山有很多与刘三姐（当地人称刘三姐为刘三妹）有关的传说，只要留心和有缘，夜半时分，说不定可以见到仙女腾云上天，或者可隐约聆听到刘三姐的歌声。说起刘三姐的山歌，老人还能唱上几句。清康熙二十八年（1689 年）蓉江怀古堂刊《古今文绘俾集》中，载有孙芳桂所撰的《歌仙刘三妹传》，云："歌仙名三妹，系汉刘晨之苗裔，其父尚义流寓贵州西山水南村。"（贵港从唐到明初，曾称贵州，西山村属水南里）"三妹年十二，善为歌；十五歌名益盛；十六来和歌者终日填门；十七，邕州白鹤乡少年张伟望来访，为三日歌。后同登西山，歌至七日，弗闻歌声，两人化石矣。时玄宗开元十三年乙丑正月。"这段文字对三妹的来历及盛名都说得很清楚。

"入山忽见藤缠树，出山又见树缠藤。树死藤生缠到死，树生藤死死亦缠。""辣椒有人说不辣，甘蔗有人说不甜。不信问人试试看，有人说好有人嫌。"此时，耳边飘来的是刘三妹唱过的山歌吧？"妹相思，妹有真心弟也知。蜘蛛结网三江口，水推不断是真丝。""刘三姐，秀才郎，望见大茶江水茫，江水茫茫过不得，浸湿几多伶俐郎。"大茶江在西山北面朱砂村附近，大茶江与鲤鱼江交汇处即为三江口，想当年多少人找三姐对歌，"率不能和而去"，而能和歌匹敌的唯有那个来自邕州的后

生仔张伟望。

当地人说，刘三姐和张伟望最后在七星山这里坐化成石像仙去。其实，化石也好，仙去也好，只是人们的幻想和希望而已。“仙”是人们对有特殊才能者的美称，比如“诗仙”李白，并非是神仙。关于刘三姐，比较可信的说法是，刘三姐在七星山留下美丽的歌声，与西山村的人们一起快活地相处过一段时间后，她就和张伟望前往其他地方传歌去了，西山村的人们是为了怀念三姐而将七星山上的一处石峰称为三姐的化身。说到各地的刘三姐文化，作家潘大林曾撰文认为，这是文化的共生现象，信夫！

七星山有的洞中布满了奇特的钟乳石和地下暗河。在清凉的岩洞口，我们偶遇贪玩的小孩子，他们有的钻进幽深的溶洞中探奇，有的三五成群玩捉迷藏的游戏，有的在暗河玩水、捉鱼虾，一条小鱼儿从水里游过，就能引发他们的大呼小叫。他们，可曾是当年与七个仙女玩耍的那一群小孩子？

在这里，我还遇到了考察乡村旅游的几个人。他们说，七星山民俗旅游开发项目很有前景，如各方面机缘合适，他们要将七星山建设成为一个功能齐备、配套完善的休闲娱乐旅游度假场所。在与他们的谈话里，我似乎看到了开发后的七星山呈现更加绚烂多姿的美好画面。

七星起浴西山秀，别有风景胜天堂。凡界仙景，近在咫尺。眼前的美景如斯，憧憬的美景如斯，难怪那七个仙女流连忘返了。这里的西山水土，这里勤劳的人民与年年传唱的山歌，这里的宁静祥和与清泉透彻，怎能不令人难忘？怎能不让人深情依恋呢？

黄皮黄透六月天

——灵龟宝山记

◎宋显仁

灵龟宝山，那是金灿灿的黄皮黄透六月天的地方。

这灵龟宝山有着不凡的来历。很久以前，布山一带毒蛇、猛兽、毒瘴为患，当地百姓深受其害，苦不堪言。面对灾难，却无力改变，老百姓只得备了果盘香案，以虔诚之心昼夜祈求上天庇佑。天长日久，人们的诚心终于让玉帝为之感动。玉帝将一只神龟召到跟前，对它说，布山一带人民遭害多年，念其诚心所至，汝当庇护生灵，尽力尽心为之驱使，不得懈怠。领命后，神龟溯江而至，施展法力，驱散毒瘴，收服了毒蛇、猛兽等，从此，布山一带风调雨顺，百姓幸福安宁。因为日夜奔忙，精疲力竭，

醉美新归（李成伦摄）

神龟支撑不住，在一处空地上，本想闭目养神一会儿，没想到，这一歇神就没能再醒过来。神龟坐化成了一座山，而这座山，就是现在的灵龟宝山。

灵龟宝山的龟口有一汪泉水，常年吐涌，水质清澈，名为灵龟泉，这里的村民喜欢自称为“灵龟”人。在灵龟泉，我见到前来朝拜灵龟的一个中年村民，村民身后，跟着一个五六岁的小男孩。铺摆香案，燃起香烛，中年村民这样虔诚地向灵龟祈愿，小男孩也跟着在一旁行礼。礼罢，往回走时，小男孩稚嫩的声音隐约传来，“有神龟保佑，我是不是可以天天去玩了？它一定会保佑我考得好成绩的！”只听这位父亲不慌不忙地答道，“孩子，神龟喜欢爱读书的人，该认真读书时认真读书，该好好玩时可以好好玩，这样，神龟就会保佑你读书聪明。”“哦，原来这样……”那小男孩似乎听懂了大人的话，而我差点笑出声来。

灵龟宝山位于覃塘区蒙公乡新岭村新归屯中心。新归中的“归”与“龟”同音，意为村民希望凝聚灵气，延年益寿，过上美好的新生活。神龟的神话故事与今天人们过上幸福生活的心愿是如此的一脉相通——如果我们没有意志与决心去与艰难困苦作战，没有神龟驱赶猛兽毒瘴的勇气与艰苦奋斗拼搏精神，如甘泉般的幸福生活自然不会从天而降。神龟的神话故事，其实是用神龟诠释的战斗不止的顽强努力告诉我们：只有敢于面对困难、直视挑战，从不放弃努力，才能真正改变旧状，脱离苦难，迎接崭新的幸福生活。今天，新归人正用他们在新时代里的勤劳与智慧，创造一个“醉美”的新归呢。

“来来来，这黄皮果够甜”，“坐坐坐，请这边用餐”，“好好好，要常来常乐！”……我记得，这是首届“印象灵龟宝山·欢歌黄皮节”开幕时的一些画面。黄皮焖鸭、黄皮焖排骨、黄皮酒……黄皮菜式，应有尽有。当天，新归屯6000多名宾客欢聚一堂，吃黄皮，尝百家宴，共同举杯庆祝当地的传统节日——黄皮节。在这个节日里，一个60多岁的老妈子舒展额头的皱纹，唱起欢快的山歌，歌词是壮家话语。外地来的游客说，虽然听不明白老妈子唱的是啥，但是，能感觉到老妈子的心里肯定是甜滋滋的。有个壮家的小伙子听了，笑着对外地游客说，老妈子唱的是“壮乡人民感谢党”！这时，我看到游客对老妈子竖起了大

新归黄皮节（刘旭亮摄）

拇指，他们肯定想不到，老妈子还懂得这样与时俱进、歌唱盛世！我拿起手机，恨不得将这欢歌如海的节日喜庆，全装进镜头里去。

这黄皮黄透六月天的地方，那是醉美的新归，幸福的笑容在绽放。“一碗甜米酒，新归人心意”，新归人是热情好客的，他们用一碗碗朴素却香甜的米酒，用一首首欢快的迎客歌，迎接远方来的客人。他们在灵龟宝山文化广场，为客人喜气洋洋地送上一个个自编自导的节目，身穿壮族服装，手舞红绸，脸上洋溢着幸福的笑容，山歌《黄皮节迎宾》、《我们也说新归屯》等随风飘送，小山村一下子热闹起来，一下子成为欢乐的歌海。女同事拉着一个壮族服饰的新归姑娘，笑着对我喊道：“快来给我留个影，新归妹子真漂亮！”快门里，定格两个姑娘的倩影与笑容，定格她们背后的欢歌载舞。

这黄皮黄透六月天的地方，其实一年四季从来不寂寞。春天，千亩油菜花点缀山间田头，灵龟似浮游在无边的花海之中，年轻的姑娘小伙，花海之中有说有笑，油菜花随风起伏，送来缕缕清香；清明过后，田间劳作的村民，很快又为这片水田带来簇簇新绿，那是春天种下的希望，那是即将来临的秋天金色稻浪。到了农历“三月三”，龟宝山文化广场，热热闹闹的民俗文化活动精彩纷呈，对山歌、跳壮舞、端狮巨龙舞以及壮族小品等精彩的文艺演出，又会给壮乡群众送上丰富的文化大餐。没多久就到了瓜果飘香时，“我们这里最有特色的是黄皮、葡萄，那一串串黄皮、葡萄，沉甸甸地挂在果枝上，看着就能把你馋得直流口水……”听这一番介绍，炎夏从心头驱走，水果的甜美满溢心间。“最好玩的节目是登山、骑行……”新归人娓娓道来，好像他们一年四季从不缺少节目，“登上灵龟宝山，景色可真美！向东，可以望见波光粼粼的平龙水库和美丽的大平天山；向南，是横县大圣山；向北，又可以见到武宣照镜山；向西，那是千峰林。真是欲穷千里目，更上一层楼！”“自行车在这里是一道写意的风景，你看，骑行的车队正翻过山坳呢！”新归人可谓热情好客。

在村子里漫步，我觉得灵龟也不枉到新归吧？新归屯是当前社会主义新农村建设的一个缩影。依托优势自然资源，发展生态旅游文化，打造自然环境优美、民风淳朴的壮乡村寨，这是新归人的得意之作。“新归屯计划建设灵龟宝山生态旅游区，将是一个集文化体验、生态旅游观光、修身养性等多元功能为一体的综合性的村寨生态旅游好去处。灵龟宝山景区、灵龟熔岩洞、九龙塘景区、垂钓区、攀岩娱乐区、烧烤区、野战区、多元化文化广场、健身娱乐室、赛马场、游泳池、水上漂流等地会让八方来客流连忘返”，多姿多彩，丰富多元，这是新归人描绘的美景。春天在心中种下一片美景，秋来必收获无边的喜悦。

如诗如画水一方
——记平龙水库

◎宋显仁

周围是平伏而连绵的青山，如龙游动的青山之间是万顷碧波，这就是位于覃塘区蒙公乡的平龙水库。闲暇时，我常和朋友来到这山清水秀、美丽如画的地方随意走走。泛舟在绿波之上，头顶是湛蓝的天空，远处水天一色，这时，就觉得是海阔天空，舟如画中行，“龙”似水上漂，人在绿中走，一切都令人心旷神怡。

在这美丽的山水画卷中漫步，会遇到各种各样的人。有的人是来旅游的，他们想用眼睛、用相机来收藏这里的依山傍水和鱼欢鸟鸣，记录村民的日出而作、日落而息；有的人是来这里休闲的，他们将城里紧张的工作节奏放下，随便走走，四处看看，让心灵在不觉中轻松下

平龙水库风光（周开强摄）

来；有的人是来这里寻找节目的，最常见的是烧烤、垂钓。三五个好友，两三个家庭，这边一群，那边一队，烧烤架上迅速弥漫着食物的香味，空气里很快飘散着大人小孩子的欢笑声。我最羡慕的是那些摄影爱好者，他们或是穿行在堤坝上，将镜头对准那水云间的丰沃田野，对准那低头将黄的谷子，或者是在水边来回行走，将镜头对准玩竹筏的小孩子，对准清澈水中摆尾的那一条小鱼，或者是穿行在迷人的情人岛、风流峡、将军庙等胜景里，他们总想在最佳的时间与地点，等候他们要捕捉的美丽瞬间。

最淡定的要数那些垂钓者，放好钓竿，摆好休闲椅，架好遮阳伞，还不忘拿出一卷书来消遣时光。他们是来这里享受垂钓的乐趣，还是享受小资一般的生活滋味？在平龙水库，村民说起一个中年钓者，这个中年人双休日常来这里钓鱼，是钓鱼的高手，每次总能钓得满满的两大桶。可是，日暮时分，这中年人却将小的鱼放回到水库里，将稍大的鱼送给

劳作归来的村民，让村民感到惊喜——而这个中年人只带走三五条鱼。这真正的钓鱼高手钓的是生活的乐趣呀！还听说过这样一件事，有人曾在水库里钓到近 30 斤重的大鱼，在附近一村民家里现场烹调，光是鱼肠就弄了几大碟，鱼蛋也有好几大碟，那鲜美的鱼香飘得好远好远。

因为常到这里漫步，我认识了一个水库的建设者。那天他向我说起了他的故事……

“嘿哟，加把劲！嘿哟，莫停下！嘿哟，好力气！”密密集集的人群在干涸的土地上挥汗如雨。

他们顶着烈日，有时是冒着突然袭来的大雨，因为六月的天气实在是多变。这里，黑压压的人头，有的是肤色黝黑的汉子，有的是泼辣的婆姨，有的是十五六岁的少年，有的是年纪偏大的爷们，他们抬石头的，挖土方的，运沙子的，拉材料的……忙得不亦乐乎。那天，烈日晒得他眼睛冒火，头脑晕眩，再也顶不住了，一头仆倒在干硬的大地上。一群人马上围了过来，而他，只模糊地看到人影，依稀听到母亲的叫唤……

这个当年在劳动中中暑的小伙子，以前人们叫他小覃，如今他已有 82 岁，成为老覃或覃老了。从教书的岗位上退下来已有二十多年的老覃，儿孙都已长大，闲下来的他常常和三五知己来到水库垂钓。他当然会想起当年在这里流下的汗水，想起他当年在这里忙碌的每一天，想起当年在这里挥汗如雨……

在与老覃的谈话中，我的眼前展现出一幅热火朝天的劳动场面：延绵的青山下，一两万多人在这里肩挑背扛，有时候还挑灯夜战。参与建库的人来自贵县北岸的石龙、樟木、蒙公、覃塘、三里、石卡、附城、大圩、庆丰等 9 个区，约 1.5 万人，高峰期达 2.1 万多人。这些人，吃住在这里，战斗在这里，这里留下了他们多少的欢声笑语和劳动号子。

“那时候靠的全是人力，累吗？”

“那时候热情非常高涨，累算什么？”老覃淡淡地说，“别小看眼前的水稻，在水库未建成之前，这里十年九旱，根本就种不好水稻，只能种一些旱地作物。”

平龙水库（李成伦摄）

“看到别处能够种好水稻，收获白花花的大米，喝上干干净净的水，我们那时心里急啊！”老覃的记忆好像又回到了二十世纪五十年代末，“那时候，我们国家虽然很穷，但是，骨子里有战天斗地的勇气，贵港同时开工建设达开水库、平龙水库、武思江水库这三座巨型水库，使得郁江平原成为沃野数百里的农业区。那年，看到哗啦啦的清水流进田地里，村里人就像过年一样，欢声雷动，这好日子，终于让我们盼来啦！”

据《贵港市志》记载：“平龙水库于 1957 年 12 月动工兴建，1958 年 5 月竣工蓄水。水库控制流域面积 256 平方公里，库容 1.25 亿立方米，水面面积 1122 平方公里。主坝为黏土心墙土坝，最大坝高 28.5 米，坝长 300 米，坝顶宽 5 米。水库具有多年调节功能，以灌溉为主，兼顾发电、防洪。”在这简单扼要的叙述里，浸润了多少前人在水库建设的日日夜夜里流下的汗水、泪水？也许，只有如今固若金汤的堤岸能读懂，只有泛着银光、倒映如画青山的湖水能读懂，只有当年凭着双手

的厚茧就创造历史的人们能读懂。这，或者就是我们常说的“前人种树，后人乘凉”吧。

“太爷爷，太爷爷，你真了不起！”那是老覃的曾孙在听了老覃的故事之后，给出的“点赞”。

“不是太爷爷了不起，太爷爷就像这里一颗最普通的石头一样，一粒不起眼的沙子一样，没有千千万万的石头、沙子，建不起这样美丽的水库！”老覃平静地说，“你们在这里玩耍，天天玩得这样开心，别忘了，以后长大了，也要做一粒有用的石头、沙子，做一个对社会有用的人！”

如诗如画水一方的平龙水库啊，此刻，从平静的湖面掠过的水鸟，忽然发出了惊喜的叫声，那可是对您的赞美，对诗意画卷的赞美……

第二章 古韵流走在石板上

粤商淘陆竞风流

——记覃塘圩粤东会馆

◎杨旭乐

明清时期，凭借西江联通两广的地缘优势，两广之间的经济交流日益紧密，大批广东商人进入广西做生意，粤商循西江抢滩各大城镇圩市，并建有粤商落脚聚集点——粤东会馆，尤以西江—郁江—右江一线最为密集，从梧州溯江而上，沿岸的苍梧、藤县、平南、桂平、贵港、南宁、百色等地均有分布。

贵港地处郁江平原，历来是鱼米之区，其上通左右江，下达珠三角，商旅往来，贸易发达，市场繁荣，自古为西江中游之要埠。作为桂东南水陆交通中枢之地，成为谷米、药材及土特产等货物集散地及贸易中心，突出的区位优势吸引粤商纷至沓来。

覃塘粤东会馆（杨旭乐摄）

据史料记载，清康熙年间，粤人来贵经商者渐众，尤以南海、高要、高明三县为大多数，顺德、罗定、云浮等县人数也不少。清民时期，粤商通过西江水路将棉纱、布匹、煤油、百货、五金等洋货输入贵县，收购本地谷米、黄豆、茶叶、药材、家禽、牲口等土货贩回广东，形成了省际中转贸易体系。

清代广东商人在贵港市辖三区建有三座清代粤东会馆，一处是在城区水源街，一处在东津圩，一处在覃塘圩。与绝大多数粤东会馆选址靠近河流、沿江分布不同，覃塘圩粤东会馆位于陆路交通线上。覃塘圩在城西六十里，地处桂中南两大山系——镇龙山与莲花山交界的隘口，自古为桂北、桂中地区进入桂东南地区陆路走廊上的重镇。

清代邑绅梁廉夫《潜斋见闻随笔录》记载："窃闻覃塘、五山、三里各处屡产巨寇……崇山峻岭，惟务耕作，少读诗书，由五山而至石牙、石龙、樟木、蒙公、覃塘、三里狼僮杂处……盗贼出没，最难稽查。"

尽管是山路崎岖的少数民族地区，但鉴于覃塘位居联通四方的陆路通道，精明的广东商人不辞险阻推进并持续涌入，使覃塘圩商业贸易日趋繁盛。

清嘉庆十七年（1812 年），广东商人在覃塘圩中街兴建了一座粤东书院，这是以广府人为代表的粤商集团在“少读诗书”“狼僮杂处”的贵西少数民族地区创建的一处商人驿站，成为粤人投宿、洽谈生意的地方，也是传播广府文化的桥头堡，深刻地影响了这块区域的语言、文化及生活习俗。至今覃塘街、樟木街、黄练街的居民仍以操粤语为主，成为贵港西部壮语地区的三处粤方言孤岛，这正是壮粤民族文化交融留下的印痕。

道光二十二年（1842 年），在覃粤商集资新建粤东会馆，为单层砖木结构，面积约 500 平方米。据馆内留存的《重建粤东会馆碑记》记载：“思异地而联梓里，设旅馆以叙乡情。原覃埠粤东书院创始于嘉庆己卯□立谷行之东北□，前创之者七十余人协力助资……惟是东客日多，聚会稍迫……预为修建更张之计……乃以道光壬寅仲冬之月拆卸鸠工……虽易书院之名而为会馆……货贿聚而文武之兴可期矣。”

这块碑记讲述了粤东书院改建为粤东会馆的缘由始末，碑文除了大量个人名录外，还罗列了“联生店”“宏盛店”“福昌店”“德茂店”“裕兴店”等一大批商号名称，侧面反映了当时覃塘商业从个体粤商到商号联盟的发展脉络。

民国早期，作为今天国道 324 线、209 线前身的贵宾邕公路、贵武公路相继建成通车，这两条近代公路交汇于覃塘圩，成为贵县北岸地区的公路交通枢纽，覃塘圩商业贸易由此愈加旺盛，成为贵西地区贸易中心。覃塘圩粤东会馆作为覃塘周边圩市粤商的大本营，更成为贵西陆路上的商贸流通信息交汇中枢。

如樟木以药材最著名，约有数十种，以柴胡、独活、桑白皮等为盛，价昂以石斛为最，蛤蚧、棉花产量亦巨；山东石龙（今东龙）以织布著名，旧称“石龙布”，近代振兴织造新式织机后，通过改良土布，使得土布质韧色美，圩期贩销贸易者甚众，远近驰名；此外，山北、蒙公两乡从事机制造面丝者有与年俱增之势，面丝远销外县来宾、横县、永淳及灵山等处。

广东客商对覃塘农村土特产、山货药材的需求直接促进了当地农业生产，经济作物种植面积增加，如药材则以樟木采药者为盛，花粉、葛根等近已渐多，种植产量亦佳。据民国《贵县志》记载：“黄豆主产地为山南、郭西等里，秋季贩销覃塘圩，市场充溢，每年产量平均估计约逾一百万斤。”这是粤商到少数民族地区收购农副土特产品的一个典型缩影。

另据唐宋两朝文献记载，唐宋时代贵州（今贵港）已贡金银。贵县龙头山、六班诸山金银矿蕴藏富足，开采历史悠久，但开采时间始于何时则已不复可考。在清末洋务运动的刺激下，特别是民国初期民族资本大办实业的潮流下，广东商人出资在贵县郭西里、北山里进行采矿冶

覃塘粤东会馆骑楼（杨旭乐摄）

炼。据民国《贵县志》记载："光绪二十二年，粤人谭日章、陈庆昌集资四十余万元开采三岔山银矿兼及平天山。"

在持续数百年之久的"西进浪潮"中，广东人以粤东会馆作为开拓市场的据点，建立起地跨两粤的商业流通网络，成为左右广西商业经济的主导力量，促进了广西地区的开发，对广西各地经济社会发展产生了深远的影响。

民国期间，覃塘圩粤东会馆成为覃塘公局警察署驻地。1928年3月，覃塘民团公局率军警夜袭中共贵县县委机关所在地排厚村（今大郭村），我地下党首任县委书记、覃塘人陈培仁被捕，在押往县城前被缚于覃塘街粤东会馆门前的木柱示众。数月后，又抓捕陈培仁父亲陈泽南，将其缚于另一根木柱前示众后残忍杀害。由于这段悲壮的家族史，使得陈培仁家属后代视覃塘圩粤东会馆为禁地，路过均绕道而行。

如今位于老街中心的清代粤东会馆基本完好，现为覃塘镇覃塘社区老年人协会的固定活动场地，是覃塘街上许多老年人茶余饭后都喜欢聚集在一起聊天拉家常、下棋打牌的公共场所。如遇传统节令，老协文艺队还在会馆前的舞台组织节目进行表演。

每天早上，从老人们的晨练曲开始，打拳、做操、跳舞……生气与活力便在会馆中弥漫开来，日复一日，年复一年，时光在不停地流逝，又似已然定格凝固，正如有位老者说的，每天都来会馆坐坐，已成了生活中的一部分。

与覃塘粤东会馆相连是一条不长的骑楼老街，如今虽已残旧空荡，但仍有几间临街骑楼里住着人家，大多也是上了年纪的老者。街坊邻舍也三五成群地在过道走廊里闲聊着，那口覃塘街白话多少还带着粤地的腔调，仿佛年轻时跟随父辈们走圩串市跑生意的日子还不是很遥远。远处斜阳西下，落日的余晖洒在这座百年历史的广东会馆建筑上，瞬间又显得如此安静与祥和。

神恩帝德沐四方

——历史悠久的福寿寺

◎杨旭乐

覃塘作为贵西首邑，历史文化积淀深厚，从世居的土著壮人，到外来经商贸易的粤人群体，都能在这座圩市找到遗踪与烙印，而最能彰显覃塘本土地域民间信仰文化的首推福寿寺。

据民国《贵县志》记载："福寿寺，在郭西里，县西北七十里，明代创建，寺宇宏大，为一邑之冠，清咸丰间黄鼎凤曾加修葺，今毁。光绪间，里人龚振家重修。"

明代始建的覃塘圩福寿寺，为两进三开间砖木结构建筑，是境内规模宏大的寺庙。众所周知，作为贵邑首胜的南山寺，正殿为一巨型天然洞穴，其人工建造的楼阁亭台建筑规模不

现位于覃塘高中内的福寿寺（杨旭乐摄）

大，而覃塘福寿寺能够以“一邑之冠”载入地方志书，可见当时福寿寺建筑规模是如何的雄伟与壮观。

福寿古寺遗址位于今天覃塘高中校园内，目前仅存前座门楼、古井、八块条状残石，以及寺门左右两棵树龄超百年的古榕树。这些历经风霜的古寺遗物无言地诉说着如烟往事，可以说，覃塘的历史渊源大半历程都可以在福寿寺中得到浓缩体现。

福寿古寺前座遗存建筑面积 120 平方米，前门外有走廊，门额上刻“福寿寺”三个行书体大字，为红底金字。门框是红色条石，左右为对联“鼎建百年神赫濯，重修四次寺巍峨”，门外走廊外侧有石柱两条，高 3.5 米，辅以鼓型柱礅，柱上有对联“福寿重申一里家家沾帝德，寿龄永锡四民代代沐神恩”，行书，字径 6 厘米。

福寿寺这处昔日恢宏的宗教建筑群虽已不复存在，但这座古寺被覃埠黎民百姓供奉的始建缘由，却仍在柱联“福寿重申一里家家沾帝德，寿龄永锡四民代代沐神恩”中一览无遗。“一里”即清代贵县郭西里，其行政区域包括今天的覃塘、根竹（二十世纪八十年代从覃塘镇析出）以及蒙公乡南端部分村屯；“家家沾”指整个郭西里民众每家每户都有份捐资筹建，以期神佑地方、庇护苍生；“帝德”是指当地长期以来信奉的道教之神——北帝公。

福寿寺最早始建于明代，清乾隆十六年（1751 年）由李开堂重修，咸丰年间覃塘人黄鼎凤控制整个贵县期间又重修一次，经咸同兵燹战乱后，在光绪年间再由覃塘的名门望族——桐岭龚氏之龚振家重修。

福寿寺作为覃邑民众追求福寿、平安的象征，寄托着古代百姓对风调雨顺、国泰民安的企盼，这也是福寿寺历经四百年风霜劫难后，屡毁屡修的重要原因。福寿寺虽经历史风云之变幻，却不断得到重修呵护，可谓是覃塘老百姓内心深处的信仰坐标。

如今福寿寺之殿阁楼宇虽不复存在，但所幸古寺前座门楼尚存，昔日的雕梁画栋风采依旧，门墙上还绘有数幅壁画，为古人游玩、踏青、嬉戏之场景，其文化底蕴成为这片土地上诸多信众追根溯源的载体。福寿寺作为一处见证了覃塘激荡的历史风云、铭记了一段段覃籍历史名人沧桑事迹的古代建筑遗存，记载了许多耐人寻味的往事。

1851 年为咸丰元年，爱新觉罗·奕詝坐上皇帝龙椅的头年。同年，科举落败的广东书生洪秀全在广西金田村揭竿称王，号太平天国元年，随即在永安州建制封王，不久又北上入湘，太平军顺长江直下，攻长沙，克武昌，取九江，剑指金陵，建立了太平天国。

太平军退出广西后，当时包括今贵港在内的桂东南地区留下的政治真空便被天地会势力所取代，其中覃塘人黄鼎凤为首的天地会势力控制了贵县，这支天地会的根据地在覃塘，大本营的中枢行辕之地即设在福寿寺。

1933 年，贵县修志局局长、覃塘桐岭人龚政在覃塘地窖取得了当时全国最早、最有价值的一件天地会抄本。这本最接近原始版本的反清复明组织天地会文献抄本，既佐证覃塘天地会历史之滥觞，又反映出这

片土地上人民代代相传的抗争精神。

龚政后来叙及此事时写道："太平军兴，人知其奋迹金田，而未知其实酝酿发轫于贵县也，故贵县当时革命思潮极为澎湃，会党林立，名目繁颐……会虽分歧，而宗旨则一，诚以反清复明衽民族革命为言，即以天地会为依归也。太平军覆没，会党销匿，其文件为时禁忌，挟藏者罪，毁弃惟恐不及……余躬访邑中遗老，一再研求，既许以重金，又保障其不受牵累，乃于县西覃塘附近发掘地窖，始获此天地会文献。"

咸丰五年（1855 年），黄鼎凤领导的贵县天地会附于广东人陈开领导的"大成国"名下，黄鼎凤被封为"隆国公"，贵县成为"大成国都"所在地秀京（今桂平城区）的侧翼。当时，黄鼎凤据守进出县城的咽喉要地——登龙桥，进可据全县，退则撤回根据地覃塘。黄鼎凤还修筑了包括平天寨、岐山寨在内的军事据点，以贵西地区作为后院，将福寿寺作为驻军大本营，借此为训练将勇、搜探军情之基地。

1861 年 8 月，"国都"秀京被清军攻陷，大成国倾覆后，黄鼎凤以贵西覃塘为根据地坚持抗清斗争，高举恢复大成国的旗帜，坚决抗击清军的进攻，并计划重占浔州复国。同治三年（1864 年），作为大成国余部的壮族硬汉黄鼎凤最终兵败被杀，平天寨、岐山寨、福寿寺均被付之一炬。到光绪年间，由覃塘邑绅——桐岭龚振家捐资重修福寿寺，经战燹毁损的福寿寺得以重光。

民国十六年（1927 年），中共贵县早期地下党人陈培仁返回家乡覃塘开展革命运动时，就是以福寿寺作为秘密联络点和掩护场所，建立了中共贵县地方党委组织，并任中共贵县首届县委书记，使覃塘成为贵县西部的农运中心。福寿寺由此成为贵港市早期宣传马克思主义的革命圣地，使得这处代表封建礼教的旧式庙宇注入了红色的力量。

民国初期，全国兴起将庙宇祠堂改建为国民基础小学校的浪潮。民国十八年（1929 年），福寿寺改建为覃西乡小学，后又改为覃塘高级小学堂，成为传播新知识、开启民智的国民教育基地，随后办学规模不断扩大，民国三十一年（1942 年），创办贵县县立第二初级中学，解

覃塘福寿寺新址（黄秀成摄）

放后发展成为覃塘高中，即今覃塘区高级中学前身。

作为覃塘的镇埠之寺，为延续福寿古寺的香火，广大信众已另选新址于覃塘镇龙凤村之犀牛望月地重建福寿寺，重修碑记写道：“几经风霜，屡次重修……仅存断壁残墙。今为国家振兴教育故，福寿寺忍痛割爱，辗转易处……今有北帝公神抚覃邑，如来佛光耀怀城，吾辈应勤修善德，孝敬父母、修桥筑路、助学扶困等均当勇于人先、不吝余力，是为大功德。”这段碑文，彰显了覃塘人大爱无疆、至善至诚的情怀。

神仙落脚飘荷韵

——一方胜迹双鸡山

◎杨旭乐

鲤鱼江古称宝江，属郁江一级支流，北通来宾，西接宾阳。鲤鱼江流域覆盖了整个覃塘区中北部地区，北至东龙，西接黄练，中连覃塘，南抵五里。鲤鱼江水质清澈，盛产鳜鱼，又便于浇灌田亩，被誉为贵西地区的母亲河、生命线。

鲤鱼江干流在贵港境内长达78公里，共有四条支流，分别是红泥江、桐岭江（又称六庐江）、珠砂江、平洋江。四大支流源出贵港两大雄伟山脉，其中平洋江发轫于贵西极高峰——镇龙山脉，其余三大支流皆发源于北部莲花山脉。四大支流分别从西往东、由北向南流淌汇合于三里镇九岸村三江口，再往东奔腾，最后在贵港城区鲤鱼湾口注入郁江干流。

双鸡山远眺（杨旭乐摄）

在鲤鱼江四大支流中，以红泥江流域最为庞杂，因其上游又有四条主要支源：其一为东龙江，其上游分岭河为贵武分界处；其二为六芳江，在山北乡，其上游为龙岩江；其三为黑洋江，在山北乡，其上游为陈留江；其四为黄梁江，在蒙公乡，发源于樟木乡之罗山泉及龙江泉。二十世纪五十年代，在红泥江上游拦河筑坝建成大型水库——平龙水库。另外，发源于六庐山的桐岭江在流经桐岭村背，至廖村后也汇入红泥江。由此，红泥江形成枝繁叶茂的树形水系，成为鲤鱼江流域水量最大、面积最广的区域。

自北往南蜿蜒流淌的红泥江水系，在覃塘镇姚山村附近形成一片广阔的湿地水域，因国道324线于福龙村跨江筑桥，红泥江又称为福龙江。在福龙江流经姚山村一带，四周石峰环绕，延绵耸立的石灰岩山峰或分散或成群出现在福龙江平原之上，远望如林，其中有一座不甚显眼的低矮独峰——双鸡山，就坐落于姚山村群山屯。“群山”顾名思义即四面

双鸡山佛堂（杨旭乐摄）

环山、多山之意。

这座位于覃塘圩以西约 5 公里的孤峰，因其山脚下曾有两块形似引颈高歌的鸡形巨石“公鸡石”，被称为“双鸡山”。双鸡山作为覃塘镇的知名胜迹，历史颇为悠久。

双鸡山旧称钟馗山，因这座石峰洞穴内有一巨型钟乳石“状似钟馗”而得名。据清代雍正《广西通志》载：“钟馗岩，一名钟馗山，在郭西里，县西六十里，石门轩豁，清流环其下，洞中有石像状似钟馗，故名。”另有光绪《贵县志》记载：“钟馗岩，在郭西里群山村旁，山高二十丈，岩居半山之麓，左右各有洞口，上通一穴，甚光明，有石人像立于岩内，石像状似钟馗，故名。”

自古以来，双鸡山地区盛传天师钟馗捉鬼驱魔的故事，后人遂将这处隐藏在山体中的岩穴称为仙人洞，并立庙祀之，称为天仙庙。

天仙庙为清代寺观遗存，至今已有两百年历史。道光十九年《重修天仙庙碑记》写道："山不在高，有仙则鸣，水不在深，有龙则灵，庙不在大，惟显德馨，自祖建天仙庙，号曰双鸡山……前抱瀑水，后枕青山，庙虽小而地杰……祈求即应而灵，庇佑于四民。"

正如碑记所言"山不在高，有仙则鸣"，仙人洞内那块仿似钟馗的巨形钟乳石演化的天师捉鬼的传说，让这座不显眼的独峰披上了神奇的外衣与色彩。古人常把奇特的洞穴视为仙境，双鸡山之仙人洞正是这一传统的沿袭。

从双鸡山东边一侧拾级而上，沿途半山怪石嶙峋，榕木根盘踞其间，经过"仙人印"后，一洞天赫然在目，即仙人洞。洞内高旷幽静，可容数百人，洞顶钟乳石随处可见。洞中的钟馗石又似一尊站立的石佛，面朝崖壁，颇有"石佛面壁"之意境。

旧志中描绘的"上通一穴，甚光明"，指仙人洞的洞顶一处缺口，形成一个椭圆形的巨大天窗。这个天窗，是洞穴内部与外界交接阳光、空气和水分的重要通道，为双鸡山平添了一道极具特色的喀斯特洞穴景观。

位于石佛上方的天窗，恰到好处地形成了一道光晕笼罩在钟馗石像上，让人不得不感叹大自然的鬼斧神工！身临如此静谧的洞天览胜，倾听潺潺的叮咚流水声，近距离触摸这鬼斧神工般开辟出来的洞穴奇景，参访者无不击掌惊叹这处胜迹的巧妙与神奇。

如果说仙人洞、钟馗石、天仙庙是双鸡山风景区悠远历史的名片，那么覃塘莲藕荷花观光走廊最佳观赏点则是双鸡山最耀眼的当代标签。

2014 年春季，覃塘区政府为打造广西现代特色农业产业区域，在姚山村群山屯至龙凤村平田屯之间规划建设莲藕产业（核心）示范区，并通过创新手段引导各方积极参与，连片种植莲藕面积达数千亩，成为贵港市夏季年度荷花展最具原生态的赏荷去处，吸引游客达 10 多万人次。

从春种莲藕，到夏赏荷花，再到秋挖藕根上市，形成了一条完整的莲藕产销循环链条，扩大了覃塘莲藕这一传统特色品牌的影响力，为贵

港荷文化注入了更多内涵，使经济效益、生态效益和社会效益同步提升，让发展特色农业、生态旅游的理念在这片壮汉聚居区域迅速升温，继而转化为一种文化自觉。

双鸡山所在地的姚山村群山屯以成片莲藕荷田为基础，以道路、江滨绿化为骨架，对村屯院落进行风貌改造和庭院建筑，以名山（仙人洞）、名岩（钟馗石）、名庙（天仙庙）等人文古迹为主体，筹划发展休闲、生态、文化等多功能新兴旅游模式，努力打造集农业观光、自然野趣和休闲游览于一体的生态湿地旅游示范区，探索出一条可持续发展的新农村建设道路。

盛夏季节，沿着 209 国道覃塘段行走，背倚高崇延绵的平天山脉，西眺一马平川的福龙江流域，只见石峰点缀，藕田千顷，荷叶摇曳，莲香四溢。双鸡山这处自然山川与人文景观相融的莲花胜地，正在向生态、文明、和谐的现代农业区域发展，这是对覃塘莲藕产业示范区的最佳诠释。

道迹仙踪今犹在

——心灵道场北帝庙

◎杨旭乐

樟木虽地处贵西北一隅，却是明清时期五山地区的中心集市，也是贵港、来宾、南宁三市交界周边区域最大的一处圩市。樟木圩东通东龙圩，西通五山圩，南达覃塘圩，北通分界圩，为清代五山巡检署驻地。

樟木北帝庙被视为佛山人移民西迁定居壮族地区的一座象征性的坐标建筑。可以说，一座北帝庙就是一部粤人迁徙史和两广经济人文交流史，折射出人间沧桑与时代巨变。

在清代，整个广西都不产盐，所需之盐向来由广东供应，但由于山路崎岖，西江商路运输难以波及，桂中五山片区缺盐甚重，山民多患甲亢、水肿等病症。

明末清初，有少量粤人因逃难来到樟木山

区，与壮人杂居，见当地壮民以黄草（金钗石斛）当柴火煮饭，很是可惜，遂以一匙盐换之，风闻樟木圩内外。壮胞陆续将黄草运至粤民处，请求易盐救病。粤民为救壮胞，托人辗转水陆将石斛药材运回粤省贩销，再翻山越岭，躲过关卡盘查，将私盐带回樟木圩。

贵北大石山区盛产中草药材与黄豆、玉米等，尤以药材最著名，约有数十种，其中以石斛为最。石斛又称金钗石斛，俗称黄草，是一种名贵珍稀中药材，素有仙草之称。民国《贵县志》记载："金钗草，五山各里及九怀盛产，以樟木所产者尤佳。"

在以物易盐的过程中，粤民除了石斛外，大量收购樟木山区的柴胡、独活、桑白皮等药材以及蛤蚧、棉花等土货，做起了中转贸易生意。由于中药材运销的带动，樟木圩吸引了大量广东商人陆续驻扎。至清代中叶，落脚樟木街的广东客商日渐增多，并于鸦片战争前后达到迁入高峰，其中又以佛山籍粤商居多。广东人除了经商贸易外，也将南粤民俗文化迁播到樟木地区，北帝崇拜便是一例。

北帝又称玄天、真武帝、元武神等，主镇北方，是北极星的化身，可指引水上航行方向，故被奉为北方水神，是中国土生宗教道教之主神。北帝神信奉盛于宋代，屡获宋廷加封，后因抗金需要，演化成收复北方失地的民间信仰力量，并随宋室南迁而流行于南方各省。

广东人历来视水为财，水神崇拜由来已久，故珠江三角洲一带多建有北帝庙，其中最著名的莫过于佛山祖庙，被视为岭南地区北帝庙之祖庭。北帝崇拜作为一种民间信仰，蕴含着老百姓祈盼丁财两旺、风调雨顺的朴素心愿。

清代中叶（一说乾隆年间），广东佛山商人在樟木圩中心建造了一座北帝庙，将故土佛山的保护神——北帝公也安奉在此，以庇佑广东移民枝繁叶茂。佛山人后裔在落籍地樟木街辟建北帝庙之举，既体现其文化传统沿袭，教育后代不忘祖源，同时践行本土化，就地娶妻生子，繁衍生息，视他乡为故乡，由客商变身为土著。时至今日，樟木街广东后裔有李、邓、吴、陈、叶、黄等诸姓。

古风岩（杨旭乐摄）

樟木地区壮人崇信万物有灵，既有自然崇敬，如雷神、太阳神，也有本土的冯三界崇拜。粤人迁播樟木带来的北帝神，因涉及水、财、运、婚、瘟等诸方面，信仰多神的壮民亦常随拜求之，并最终演化成为樟木周边区域壮族群众影响最为广泛的民间信仰，樟木街北帝庙由此成为信众朝拜之地，香火长旺。每月初一、十五，这处位于圩中心的北帝庙便香客盈门。

每逢传统节令，特别是春节期间，北帝庙赴庙会者多达数万人，成为五山地区最著名的庙会，“行樟木，拜北帝”之说也由此而生。北帝庙属道教庙宇，其标志性旗帜为三角形状的黑底白边北斗七星旗，每逢北帝诞，象征北帝权威与法力的七星旗都会飘扬在北帝庙上空。北帝诞为农历三月初三，恰好和壮人重要传统节令“三月三”重叠，因此，樟

木圩北帝诞庙会又成为壮汉两族民俗文化交流的大平台。

二十世纪三十年代，第二次粤桂战争爆发，地处桂中通往桂东南交通枢纽之地的贵县成为粤桂两军的争夺交战区，粤军经常派小型飞机到樟木圩一带上空进行低空侦查，弄得人心不宁。据民国《贵县志》记载："民国十九年，粤桂构兵，十月九日，粤飞机由覃塘飞至本圩上空，掷数弹，一落北帝庙前，是日墟期，趁墟者喧阗，惨毙四十三人，伤者无算。"

在 1930 年的这场民国军阀战机空袭中，恰有一枚炸弹落于北帝庙前的大池塘，伤亡者众多，有断脚残肢飞落在庙顶庙墙，情形惨不忍睹。随后，由于军阀连年混战，民不聊生，北帝庙日渐冷清，后被挪作樟木民团公局警察署用地，新中国成立后又先后作为樟木区政府、供销社办公驻地。如今北帝庙古建筑已拆除，旧址辟为中草药收购点。

1993 年，壮汉民众发起迁址重建北帝庙，最后商定新址选在樟木圩以南约两公里外的古风山脚，山中有一巨型洞穴，称古风岩。北帝庙迁新址于古风岩旁，暗合道教"洞天福地"之寓意。这处仿照广东佛山祖庙辟建的北帝庙，如今已成为道教的重要活动场所。

古风岩是一处幽雅独特的喀斯特地貌岩穴，入口不大，洞内全长约 300 米，有东西两个洞口相通。地下河自东流入洞内，蜿蜒迂回向西流出。洞厅高约 15 米，宽约 20 米，洞内遍布千姿百态的钟乳石奇景异观。既有气宇轩昂的"飞龙"和展翅起舞的"飞凤"，又有莲花般的"宫灯"悬空高挂，令人联想翩翩，心旷神怡，还有巧夺天工的空中"罗伞"、"瑶池"和闪闪发光的"金山银山"，其他难以名状的景物更是数不胜数。最令人拍案叫绝的是形态逼真的"龟蛇出洞"，因为"龟蛇纳福"正是道教洞天的标志性图腾。

古风岩与北帝庙依形就势，相辅相成，自然景观与人文胜迹浑然一体，可谓道法自然的生动再现。从远处看，古风山体有如展翅欲飞的凤凰，古风岩洞口的对联"凤形涌出三尊地，龙势生成一洞天"，与佛山祖庙对联一字不差，这既是对北帝庙新址地势之呼应，更是广东移民后裔对故土祖根的致敬。

在北帝庙前还竖有从圩中心原址迁移过来的清代《重修北帝庙碑记》以及《重修玉虚宫碑记》。这两块清代残碑镂刻着樟木街北帝庙的历史文脉，历久弥新。近年来，在当地政府及民间商会的推动下，樟木乡一年一度的壮族“三月三”文化艺术节影响力持续扩大，成为覃塘区“三月三”民俗活动的主会场，北帝庙、古风岩也因此成为许多慕名而来的游客的必游景区。

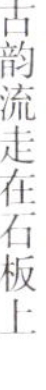

勒石燕然兴未休
——见证历史的封侯岩

◎杨旭乐

贵西北的大石山区，尤其是樟木乡一带，是贵港市喀斯特峰丛最为密集的区域，也是贵港市唯一的红水河水系分布区，属于红水河流域桂中旱区的范围，红水河一级支流——止马河就发源自樟木乡最北端的大旗村。

与漓江地区流淌着千折百曲的河流，塑造出千姿百态的桂林喀斯特峰林景观不同，贵西北的喀斯特峰丛地区的地表缺少溪流与河流。樟木一带峰丛地区的降水大都通过岩石缝隙渗入地下并汇成大小不一的支流，最终全部汇入红水河。

樟木乡全境均为石灰岩山区，穿越这一片广阔的红水河北壮语区，需要慢慢地行走，细

封侯岩石刻（杨旭乐摄）

细地品读。缓步间，吟诵古代文人的千古诗句，触摸历史的感动，踏访诗词中描绘的处处胜迹，回望这片大石山区激荡的风云岁月，你会感受到这片土地的深厚与人民的勇武。

在樟木圩以北约 5 公里的川山村，有大小穿山这两处独特的山体穿洞景观，这是散落在乡野村落与石山岩穴间的文化遗粹。位于川山村口不远的大穿山，山体仿似一头大象在低头伸鼻汲水，故又称象鼻山、象鼻石，附近建有一座雷婆庙，庙内遗留有清同治年间的重修碑记。小穿山则位于川山村华堂屯，山体虽远比大穿山要高耸宽阔，但因其穿洞的空隙相对小一些，故称“小穿山”。

穿山地貌，古称石梁、穿洞，在当代喀斯特专用术语中称作天生桥，是地下暗河通过对岩石的溶蚀，在地表塑造出奇异的喀斯特地貌景观。大小穿山所在的村庄原本叫穿山村，但因穿字有破漏之意，不吉利，民国时改称川山村，取有水又有山之意。

封侯岩内景（杨旭乐摄）

小穿山内有一巨大洞窟，旧称马騮洞，主洞口约宽 7 米，高 5 米，洞内夏凉冬暖，洞中又有洞，共分三层，岩之上部有曲折幽暗的小径，据说能直通穿山顶。中层钟乳石林立，有直指穹隆的石笋，又有垂挂的石钟乳，遥相呼应，层次丰富，仪态万方，让人目不暇接。

岩洞上层，有一条清澈见底、蜿蜒曲折的溪水，横流于岩穴之间，四季不枯，缓缓而流，直通最底层的地下暗河，形成一池碧绿潭水，塑造出复杂壮观的岩溶洞穴景观和地下水群景观，山、水、洞、潭、天浑然一体。要进入马騮洞深处，如果没有辅助光源，将寸步难行，但这处水洞却是蝙蝠、鱼虾等生物的世居家园。

马騮洞岩口石壁上刻有“封侯岩”三个苍劲大字，右侧留题为“万历壬子岁仲春吉旦象郡□邹勋题”，左侧留题为“三浙□问德”。入洞岩口右侧崖壁还刻有明代五山守备邹勋（一作孟邹勋）撰写的律诗及序文。

“五山”是明清时代贵县区划的一个固定的传统地名，使用时间长达近六百年之久。明清的“贵县五山”，也称“五山里”，专指五个里：山西一里（今樟木乡）、山西二里（新中国成立初期划出，今属来宾市五山镇、小平阳镇）、山东里（今东龙镇）、山北里（今山北乡）和山南里（今蒙公乡）。明清两代设五山巡检司，治所在今樟木乡堡上屯，现尚遗存有城隍庙。

五山各里划界的坐标原点位于今山北乡政府后背山——岜罗山（清民旧志称把罗山、巴罗山）。岜，山也，罗通螺，岜罗山即螺形的山群之意，当地人也称之为“韦字大山”，繁体的“韋”字，更能说明这片石峰群的纵横交错。

五山的东边是龙山地区，即北山三里（奇石圩、中里圩、龙山圩），五山与龙山历史上合称“两山”，为明代大藤峡瑶民起义之“右臂”。两山地区因山势隔绝，是明清两代官匪双方攻防最激烈的区域。

五山地处明清两代浔州府、柳州府、邕州府三大行政区交界处，是统治阶级力量薄弱的边缘区域，又是“山深林密”的少数民族山区，因此“群贼窥伺”、“浸淫为患”。

明万历二十三年（1595 年），五山匪乱引发规模空前的五山战事。经此役后，五山地区趋于平静，清代浙人汪森《粤西丛载》记载：“贵县五山……其山崇而袤，为八寨逋逃渊薮，潜议雕剿……副使杨寅秋等以计破之，余党相率请降，穷山负谷举为编户矣。”

谢村（今樟木乡谢村屯）地处五山之中央，此役战后官府遂在此修建土城，“选守备招募官兵”，并依山川地势设“四哨八堡”：西北通来宾、武宣，东北连通龙山之门户；另在“两山”间设堡据守，以扼“龙山、五山之通衢”，凭借网状的军防体系，实现“五山宁谧”的管控局面。

明万历辛亥年（1611 年），象郡邹勋出任五山守备镇官。万历壬子年（1612 年），邹勋游至穿山，在岩口侧壁留下了著名的封侯岩碑刻。这幅四百年前的碑刻至今仍基本清晰可辨，其序文写道：“万历辛亥，任五山。暇日出踏，地形险易。游至穿山，缘问：前是何处？左右答曰：

乃马骝洞。直抵一观，真天然胜概。盖马骝者，猴也。故乘览历之余，即记其名曰‘封侯岩’云。”

这段文字记述了明代五山巡检司守备邹勋巡察五山各地，游至穿山时，以“猴”通“侯”，将马骝洞改称封侯岩的事迹。所谓封侯，意即加官封爵，樟木地区至今仍盛传着“穿山穿山，世代出官”的民谣。

同时，邹勋还赋诗一首：“四野岚烟静里收，丹书特命履斯游。地铺衽席开华洞，天巧生奇映碧秋。更透壶天风细细，高悬明月水悠悠。登临恍若东山胜，勒石燕然兴未休。”

邹勋任五山守备时，距万历乙未战事仅逾十余年，时五山匪患虽大局初定，但身为军务主官的邹勋仍旧肩负肃清流寇、护民耕种、和睦汉夷之职责。他用“勒石燕然兴未休”作为诗的结语，彰显了这位明廷武将为守卫南疆建树边功的意志以及守土有责的担当。

“勒石燕然”的典故出自汉代，时东汉窦宪将军领兵出塞北，大破北匈奴，然后登上燕然山（今蒙古国杭爱山），令中护军班固在山上刻石纪功，以扬大汉之威德。“勒石燕然”是与西汉霍去病将军北击匈奴“封狼居胥”齐名的汉代平乱扬威的著名典故（狼居胥山，今蒙古国肯特山）。

“兴未休”则体现了邹勋对“天下虽安，忘战必危”的洞察力。半个世纪后，清康熙三年（1664年），五山反清壮族首领韦金宁率狼兵起义，五山守备刘洪爵被杀。此外，岩内尚有数处石刻，但因年代久远，其铭文已无法辨认。邹勋遗留的碑刻，成为研究明代五山地区军事防制及风物民情的珍贵史料。

战争的历史硝烟已不再弥漫，但遗留在山涧绝壁之上的回音仿佛还在耳边回荡。封侯岩所在的华堂屯，至今盛传着一个故事：

传说古时，有两支军队一路奔袭，在混战中，一支撤入封侯岩内据洞凭险防守，另一支则在岩外不远处的石峰群间进行围堵攻击（这处地点村民至今称之为“七阵”）。最终，洞内守军将大量金银珠宝掩埋好后，便分批突围。宝藏掩埋的方位，就隐含在关于封侯岩的最著名的那首民谣里。

这首民谣唱道："封侯岩，封侯岩，上通天，下达海，望见半月处，正是藏宝地。"站在封侯岩洞口，向外举目望去，眼前一片葱茏，点缀着村落与青峰，有道是"江山不管兴亡事，一任斜阳伴客愁"。

碑刻神韵记当年

——天堂寺石刻

◎杨旭乐

提起石卡，许多人都会想到甘蔗。石卡一带作为贵港传统产蔗区，素有“蔗乡”之称。石卡圩地处贵西南约五十里，旧属怀西四里（今石卡、大岭、思怀、香江四地），北通西山圩，西达城区，南抵郁江干流，历史上属于贵横两县交错地。在清民三百年间，贵西南的石卡、大岭两处圩市都地处贵横两地分界线。

新中国成立初期，行政区划调整，贵县划出部分村屯给横县，石卡、大岭两圩市则全境划入贵县，贵横共管石卡区的历史终结，石卡圩成为贵横之间陆路交通的必经之地。位于石卡街中心的天堂寺是这段区划沿革历史的绝佳纪录者。

天堂寺（杨旭乐摄）

天堂寺旧址位于石卡圩心的故衣行，其始建时间现已无法考究，因供奉佛、儒、道、释诸神，故称“天堂寺”。旧时的天堂寺规模宏伟，信众甚多，受到贵横两地民众的敬崇，香火旺盛，在两广间兴盛一时，乃至福建、浙江都有其善男信女。

作为石卡圩最古老的寺庙，天堂寺被视为石卡圩的城邑守护神，历史上曾多次重修扩建，据现存碑文可知，仅清朝历代修缮就达七次之多。民国十七年（1928 年），天堂寺改建为贵横石卡区立小学校，当时其主体建筑尚保存完好。

1958 年，因历史原因天堂寺被拆毁，旧址成为废墟，寺内四面嵌墙的碑刻原有 40 余块，现仅剩下寺址西侧砖墙中的 14 块，均为清代重修碑记。这些遗存至今的古碑记对石卡乃至贵港而言，都是弥足珍贵的不可再生的文化遗产，附着其上的铭文真实地再现了天堂寺的兴建、民间宗教的变迁以及贵横两地民间的信仰习俗，侧面反映了当时石卡圩

的社会经济发展史。

现存天堂寺最早的碑刻为雍正四年（1726年）的《鼎修天堂寺碑》，该碑文由南宁府横州儒学生员黄甲元撰写：“……天堂寺虽是前人所创，因历久远而倾颓，合郡耆老目睹心悲，由是缘首黄有昌、黄法焕……募化众信各修善念，喜舍资银，命匠修砌彩筑佛像。”

“买怀西岭村寺门……户粮米伍斗伍升，租谷贰拾石，田土坐落龙寨寺，旧租谷肆石，又租艮柒钱，坐落塞犇岭垌。……有山姜、埇田、租银柒钱同施入寺，永为寺中香灯之费，庶可威灵赫奕，阖邑升平。”作为此次重修天堂寺的缘首，横州儒生黄有昌捐银十两，为此番捐资最巨者。

乾隆十六年（1751年），天堂寺再次重修。石卡圩市时属贵横共管，但周边村屯则是贵管、横管交错其间，常有矛盾摩擦。石卡举人黄秉仁致信当时与石卡同属贵县怀西四里的都蕴村武进士甘其卓，邀其撰写重修铭文，冀以清廷武进士之威名居中调和、安抚贵横民众情绪，促进乡邻和睦。因事关县际纷争，很快，甘其卓便派亲信带着贰两五钱捐银和碑文送回家乡。

这块碑文就是现存的《重彩玄帝金容石碑》。玄帝即玄武神，为道教之主神。碑文写道：“玄帝故寺号曰天堂，稽其禅门附于石碑名……听神予当萃山川之秀，绵绵历日奕奕余光……亦苦海之慈航为教……夫旦设斋建醮，弘开福神道之光，兼而表善彰诚，大著生民之显……永诏法力而勿休，广种田于无量神……并资铁笔勒诸介石……传美意于无穷，亦以承圣人神道，设教之意于悠以云，是为序。”碑文最后，甘其卓以“赐同进士出身，兵部候补，督漕卫副府，甲子举人连捷，甘其卓敬撰”为落款。

据光绪《贵县志》记载：“甘其卓，字刚毅，怀西里人，乾隆乙丑武进士，貌魁伟，有勇略，简云南守备，擢参将积功迁副将，记名提督，移师入川，平乱寻调热河防边，阵役，年五十。”

甘其卓于乾隆九年（1744年）考中甲子科武举人，紧接着于乾隆十年（1745年）又高中乙丑科武进士，这就是在前述碑记撰文末尾所说的“甲子举人连捷”。乾隆乙丑科第一甲赐武进士及第共三名，第二甲赐武进士出身共九名，第三甲赐同武进士出身共七十三名（广西中三名）。

甘其卓武科殿试金榜题名后，开始了其步步高升、转战大半个中国的戎马生涯：任云南守备（正五品），四川永宁都司（正四品），升任参将（正三品），再以历任军功而升为副将（从二品，相当于今天的集团军首长），紧接着被记名提督（从一品，相当于今天的大军区司令），这已是清代汉族将领所能提升的最高武官级别了，最高级的正一品武官军阶只有满族将领才能担任。

甘其卓从其长期驻扎的西南地区升调长城以北的热河进行防边卫戍。热河省包括今天河北、辽宁、内蒙古三省交界地带，是京畿地区的北部外围屏障。甘其卓在热河阵亡时，正值知天命的五十岁，其墓葬在今石卡镇都蕴村。天堂寺遗存的《重彩玄帝金容石碑》铭文，是考究甘奇卓这位贵港明清两代仅有的武进士的珍贵实物碑刻。

乾隆三十三年（1768 年），天堂寺增挂琉璃佛灯座盏，遗有《天

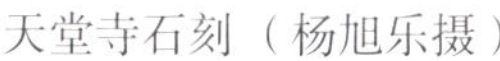
天堂寺石刻（杨旭乐摄）

堂寺琉璃碑》记之："寺寺燃琉璃，惟石卡天堂寺祝符虽有，佛灯未设，浙东赵子魁如客寓寺旁，好善而乐助，始挂琉璃灯一盏，因捐油费以为永远长明之，举会同横贵绅士，欣然乐善者二十余人共捐，以成其美。"举人黄秉仁为倡议人之一，居住在石卡圩的浙江绍兴府诸暨县人赵魁如捐钱捌仟文，并"喜助碑记"，碑文则由绍兴府山阴人吴湘撰写。

乾隆三十六年（1771 年），天堂寺又修葺一新，这是现存碑记记录的乾隆年间的第三次重修。在这幅巨型的《重修天堂寺碑》碑记上，可以看到密密麻麻的个人捐资名录，捐资人身份有善、庠、监、羽、士、信、女、释、道等，涵盖佛、道、儒、释诸家，既佐证了古代天堂寺乃供奉天上诸神之庙宇，又体现了当地民间信仰形态的多元与和谐。

鸦片战争后，靠近郁江水路交通线上的天堂寺又数度重修，这是石卡民众为坚持传承本土民间俗神信仰的不懈努力之举。道光二十四年（1844 年），天堂寺重建观音殿，据《鼎建观音殿容碑记》可知，此时天堂寺已奉佛教为主流；同治五年（1866 年），再度修缮，遗有《同治丙寅重修天堂寺碑》。

光绪九年（1883 年），天堂寺再修，《光绪辛巳年重修天堂寺碑记》上的碑文除了个人捐资名录外，还出现了商号捐资，有广兴号、怡源号、合成号、胜源号、荣发号、悦和号、泗源号、广益昌、德记号、罗信昌、德生堂、钟三和、曾洪记、曾焕记、合昌号、同济堂、茂和号等近二十家两粤商号名称，是晚清时期广西沿江城镇商业贸易繁盛的一个缩影。这块碑刻对研究清代石卡圩的经济社会情况以及两广商行之间的交流有一定的史料价值。

时过境迁，如今古寺虽毁，但作为维系乡情、记录石卡圩历史脉络的天堂寺一直在贵横两地民众心中有着不可取代的地位，重建呼声渐隆，后经各方呼吁协商，拥有三百年历史的天堂寺得以重光，并挂"覃塘区天堂寺佛教活动点"牌匾。

欲与南山试比高

——尚龙岩的人文渊源

◎杨旭乐

贵西北的岩溶地貌区是红水河和郁江两大水系的分水岭地段，这里喀斯特石峰拔地而起，或连绵成片数十里，或三五成群散落其间，又或如孤岛挺立于平地之上。在石峰丛中，又有许多天然洞穴，在漫长的地质演变过程中，经过化学溶蚀幻化成了亭台楼阁、飞禽走兽、人神鬼怪等，形成了变化万千的自然景观。其中能够将登高眺远与探洞览胜融于一身的当属贵北名岩——尚龙岩。

光绪年间编写的《贵县志》对尚龙岩的记载非常简略："尚龙岩山，一名上龙岩，在山北里上龙村，岩在山半，上如承尘，光洁可鉴，后有通天洞，中多奇石，不亚于南山之胜，在

尚龙寺（杨旭乐摄）

县北八十里。”

民国二十三年（1934 年），贵县重新编修县志，由覃塘人龚政出任修志局局长一职。作为新修《贵县志》主纂，龚政足迹遍及当时贵邑南北，搜集了许多前清故老口碑与实物铭文资料。他对偏处一隅的贵西地区自然景观、人文胜迹颇为重视，一些原本在旧志中仅以寥寥数语记载的荒野古迹，大多被其重新详尽记载，尚龙岩便是其中一例。

在“名胜”一节中，龚政写道：“尚龙岩，在县北八十里，山北里上岩村背，山势巍峨，在山半昔人建尚龙寺于此，今改为楼，登楼入洞，洞深百尺许，穹窿幽邃，有堂、有室、有龙、有鹤、有鼓、有钟、有几、有榻，物象天成，奇诡万状，上有天门及天池，池水澄清，深不可测，岩中有朱书‘尚龙岩’三大字，历久如新”“尚龙岩铜钟一口，钟重九百余斤，清道光五年铸”。

在尚龙岩条目下，还附载了五百余字的《龚政尚龙岩游记》：“贵县名岩四，曰南山，曰龙安岩，曰大鼓岩，曰尚龙岩。或以奇瑰显，或以幽邃著，或以豁朗称。……尚龙岩则开辟晚，而其胜景视各岩有过之无不及。辟之者韦金宁也，韦好猎，一日携犬出，瞥见一狸，唆犬追之……至尚龙山丛箐处，忽狸犬并失，杳然无踪……伏窥石罅内，则豁然穹窿也，凿洞口，使之阔可容躯矣，塞而入渺冥间，见其内有巨狼当道，大惧，近身急出，少间再凿透光矣，又入之后，巡谛视乃知，顷怖为狼者，一巨石耳，再入则幽岩深窈，莫穷其奥，广容二千余人，盖巨岩也……尚龙岩由是而辟焉。后人因岩为刹，遂为邑之名胜。”

龚政归纳了贵县之四大名岩：南面的南山寺狮山岩洞开辟最早，宋元明清碑刻最多；东边的大圩龙岩（龙安岩为其最大岩），在明代被知县林朝钥喻为“古怀第一山”；西端的覃塘大鼓岩则“故老相传辟于明季”；唯县北八十里外的尚龙岩开辟时间最晚，由明末清初贵西壮族首领韦金宁因追寻走失的猎犬而意外发现。

龚政根据采访还原了当时韦金宁甫一入洞就被那只“狼”惊吓而出的一幕，让人真切地感受到尚龙岩这处钟乳石洞窟的鬼斧神工，还记述了韦金宁将一块“莹洁如拭，间有白点，其形似鱼、似蛤又似蛙状”的巨石“驮负而返”。时隔三百年后，龚政参访当地族老韦念经，得知“此

尚龙寺远眺（杨旭乐摄）

尚龙寺石刻（杨旭乐摄）

石尚存沾蒙村”（今蒙公乡占蒙村）。

与备受历代官民推崇的南山寺以及龙岩这两处位于传统陆路、水路官道之上的名胜相比，尚龙岩地处少数民族山区，远离政治中心，但其景致却不输于其他三处岩洞。洞内的喀斯特溶洞景观丰富多彩，“物象天成，奇诡万状”。这一处凌空半悬的岩洞笼罩着一层神秘的光环，被视为神仙圣人驻足之所，清人遂据洞建寺于此，岩内巨幅“尚龙寺”匾额仍存。

尚龙岩洞长里许，分前、中、后三洞。前洞宽敞，可容数百人，洞内奇石百态，让人眼花缭乱、目眩神迷，有观音坐莲、擎天柱、仙人井、十八罗汉等胜景。中洞狭长，内有通天洞，高百十丈，顶有一圆形洞口，透光，称“天门”；还有“天河瀑布”，恰似一帘江水，从天而降，气势不凡。后洞尚有诸多未探明的岩洞。置身于尚龙岩这座斑斓辉煌的艺术宫殿，会产生梦幻般的感觉，让人对大自然的敬畏油然而生。

与贵邑首胜——南山寺洞相比，尚龙岩“岩幽深窈，莫穷其奥”，龚政“其胜景视各岩有过之无不及”之辞并非过誉。今天看到的尚龙寺前座已改寺门为楼阁，是民国重修后的遗存，辅以爬山道拾级而上，登楼入洞，豁然开阔。古寺前座大门对联为“尚武精神威扬东亚，龙岩风景雅胜南山”，这一蕴含抗战军兴的对联与抗日名将蔡廷锴有直接关联。

1931 年，日本制造“九一八”事变，时国民政府采取不抵抗主义，东北随即全境沦陷。1932 年 1 月 28 日夜，日本又悍然向上海闸北一带进攻，妄图复制在东北的胜利，不费一枪一炮占领上海。刚刚调到上海驻防的十九路军立即奋起抵抗，震惊中外的“一·二八”事变爆发。次日，军长蔡廷锴等人向全国发出通电，表示为救国保家而抗日，虽牺牲至一卒一弹，绝不退缩。蔡廷锴率十九路军以少敌众，抗击日本侵略军月余，为世所推崇，被海内外誉为“抗日名将”“民族英雄”。

1937 年卢沟桥事变后，日军全面侵华，蔡廷锴受命复出率兵抗日。

1939 年 1 月，第十六集团军奉令组建，首任总司令夏威，副总司令蔡廷锴，属第四战区指挥管辖，驻防两广地区，军部设在粤桂交界的贵县（此时钦廉地区尚属广东省）。

2 月，蔡廷锴赴贵县就职。当时备战形势紧迫，但各种设备及人员尚未落实，蔡廷锴当即决定以贵县南岸的南山寺岩洞为军部驻地。7 月，他

尚龙寺内景（杨旭乐摄）

与旧属罗湘云之女罗西欧共结连理，并在南山寺举行了简单的婚礼仪式。

10 月，蔡廷锴升任第十六集团军总司令兼桂南地区总指挥。不久，日军进犯南宁。蔡廷锴调任第二十六集团军总司令，参加桂南会战，任东路总指挥，并率部迁驻第二十六集团军部所在地灵山县三海岩，抗击从钦州登陆之日军。

11 月，日本飞机轮番轰炸贵县城区，贵县中学迁到尚龙岩上课，直到 1941 年春才迁回县城。

驻贵期间，蔡廷锴以南岸的南山岩洞为集团军总部所在地，北岸则以尚龙岩为屯兵据点，因为尚龙岩毗邻东龙圩，扼守贵（县）武（宣）公路这条南北陆路交通大动脉。身材高大的蔡廷锴被当时驻地周边老百姓称为“高佬蔡”。为保护南山寺古迹，他下令士兵不准在岩洞内烧火做饭；在尚龙岩，这位广东罗定籍将军在畅游之余，发出了“龙岩风景雅胜南山”之感叹。此外，他曾为尚龙岩所在村庄的学校手书校名“双岩小学”。

“岩口辟自何年远吸廿四峰秀气，洞腹藏有世界幻生千百树菩提”，这是遗留在尚龙寺前座后柱上的对联，可谓其欲与贵邑首胜南山古刹争奇斗艳的角逐宣言。

及至当代，尚龙寺重修并筑登山步道时，东龙籍梅竹公老先生为文，短短数句，便使龙岩之人文渊源跃然纸上：“……自明末沾蒙村人韦金宁行猎到此，斩除荆棘，敞露前岩后，游者渐多，清代建寺其间，寺以岩名。民国时期增建前楼，更形壮观。抗日爱国将领蔡廷锴曾在此驻司令部，名山名将，相得益彰。”

第四章

不一样的壮家风俗

充满魅力的民族
——能歌善舞壮家人

◎韦宁清

壮族是中国少数民族中人口最多的一个民族，也是覃塘区最古老的民族之一，人口30万，占了覃塘区人口的一半以上。

壮族的“壮”，中华人民共和国成立前写作“獞”，1949年后改为单人旁的“僮”，统称“僮族”（“僮”“壮”同音），1965年后改“僮”为“壮”。“僮”或“壮”都是壮语的音译，并无特别的含义。

唐宋以来，壮族民间曾流行“土俗”字。根据1989年广西少数民族古籍整理出版领导小组办公室出版的《古壮字字典（初稿）》统计，共有10700多个字。这些字都是从上百年或数百年前出版或手抄的牒诉、券约、师公唱本、

能歌善舞的壮家姑娘（覃金镜摄）

山歌本、故事传说、族谱、信件和碑文中收集下来的。

1955 年，党和人民政府根据拉丁字母创制表音壮文，20 世纪 80 年代，完成《壮文方案》修订工作，使壮文进一步通用化，壮文再次进入各级各类学校。

壮族神话传说富于想象，美丽动人，反映了古代壮族人民对天地万物的认识，记录了远古社会的痕迹，如《太阳、月亮、星星》《妈勒访天边》等。《布洛陀与姆六甲》叙述壮族的始祖如何造天造地，安排世界万物，反映出壮族先民战胜自然、主宰自然的朴素愿望。《布伯》歌颂了壮族先民和大自然作斗争的英勇气概，从中亦可窥见古代氏族部落间相互攻伐的历史痕迹。布洛陀是壮族先民口头文学中的神话人物，是创世神、始祖神和道德神，其功绩主要是开创天地、创造万物、安排秩序、制定伦理等。“布洛陀”（Bouxroxdoh）是壮语的译音。“布”是对很有威望的老人的尊称，“洛”是知道、知晓的意思，“陀”是很多、很会

创造的意思。“布洛陀”是“山里的头人”“山里的老人”或“无事不知晓的老人”。布洛陀入选了中国非物质文化遗产名录。

壮族先民自古就是能工巧匠，农业生产以稻作为主，秦朝时已大量使用牛耕，耕作技术已发展到“深耕溉种，时耘时籽，却牛马之踏履，去螟螣之戕害，勤以朝夕，滋以粪土”的程度。手工业有铜、铁、纺织等，特别是綀子布和壮锦（当时称为“緂布”）已驰名全国。綀子布，“洁白细薄”“清凉离汗”。壮锦，则“白质方纹，广幅大缕”“佳丽厚重，诚南方之上服也”。

壮族先民发明的陶器，是人类早期利用天然物，按照自己的意志创造出来的一种崭新的东西。壮族铸造和使用铜鼓已有 2000 多年的历史，迄今，在蒙公乡新归已经挖掘出三面铜鼓，现藏于贵港市博物馆。鼓面圆平，鼓身中空无底，装饰着各种图案花纹。在历史上，铜鼓既是乐器，也是权力和财富的象征。它揭开了人类利用自然、改造自然的新篇章。

壮族自古以来就是一个心灵手巧、充满智慧的民族，他们的祖先选

壮族民居（卢建军摄）

择依山傍水、藏风聚气的向阳之地居住。在河湾和交通便利之处居住的壮族，其房屋多为砖木结构，外墙粉刷白灰，屋檐绘有美丽的装饰图案。在山弄居住的壮族，村落房舍多数是土木结构的瓦房或草房，建筑式样一般有半干栏式和全地居式两种。屋内宽敞，干燥舒爽，冬暖夏凉，享受着天地所赋予的灵气。

壮族先民爱美懂美，种植棉花，纺纱织布，采来大青（一种草本植物），染成蓝或青色布，采来"鱼塘深"，染成黑布，采来薯莨，染成棕色布。男女有别，老幼各异，给每个人点染生活的色彩，衣着简洁大方。未婚女子喜爱长发，留刘海（以此区分婚否），辫尾扎一条彩巾，劳作时把发辫盘在头顶固定。已婚妇女则梳龙凤髻，将头发由后向前拢成鸡（凤）臀般的式样，插上银制或骨质横簪。

壮族的宗教信仰多为自然崇拜和祖先崇拜。唐、宋以后，佛教、道教先后传入，建立了寺庙。1858 年以后，天主教传入，1862 年基督教传入，但都未传开。各村都有社公、泰山石敢当，敬畏大自然，相信福地有灵。各家都有神龛，敬奉祖先，祈求祖先阴功福荫后人。

壮族是个好客的民族。一家杀猪，必定请全村各户每家来一人，共吃一餐。招待客人的餐桌上务必备酒，方显隆重。敬酒的习俗为"喝交杯"，猜码行令，不醉不散。

壮族的节日很多，很有特点，主要节日如下：

农历正月初二，备三牲，祭拜社公，迎财接福，回娘家还恩祝福。

三月三，驱邪，祝愿爱情，对歌，抛绣球。

四月初四、初八，是壮族的牛魂节，又称脱轭节，做白色凉糍粑，祝风调雨顺，水到渠成。

五月五，包粽子，浸红黄酒，驱邪。

六月六，吃鸡肉，晒衣服。

七月七，吃莲叶卷糯米粑，送鬼神。

八月初二，祭拜社公，西风渐起，祝禾谷丰登。

壮族崇尚传统美德。见人打招呼、让路；进村入寨，喝茶、喝粥自

便；年轻人在老人面前不跷二郎腿，不说污言秽语，不从老人面前跨来跨去。杀鸡时，鸡头、鸡臀必须敬给老人。路遇老人，男的要称“公公”，女的则称“阿婆”或“婆婆”。

壮族人民能歌善唱，覃塘有“欢”“西（又叫师）”。壮族人定期举行唱山歌会“歌圩”，以农历三月初三最为隆重。大歌圩有万人以上参加，对歌比赛，热闹非凡，往往通宵达旦，甚至连唱三天三夜，难分输赢。最负盛名的有樟木乡的樟木街、沙村歌圩，东龙的高龙村歌圩。传说很早以前，一位壮族老歌手的闺女长得很漂亮，又很会唱山歌，远近的小伙子都想向她求婚，于是老歌手提出赛歌择婿。各地青年歌手纷纷赶来赛歌，以期被老歌手和姑娘挑中。从此形成了定期的赛歌集会——歌圩。歌圩上的歌，主要以男女青年追求美好爱情理想为主题，有见面歌、邀约歌、盘歌、新歌、爱慕歌、盟誓歌、送别歌等。

参加歌圩的除青年人外，也有中老年和少年。老人小孩主要是“观战”，不唱歌，给青年人当参谋。歌圩非常热闹，除青年们对歌外，还有唱戏的、做买卖的。各种日用百货、饮食糕点、各地小吃，应有尽有。实际上，歌圩也带有几分交易会的性质，人们在欣赏歌唱的美好动听之余，还可以挑选生活日用品，充实美化自己的生活。

歌海汇成的节日

——年年都看“三月三”

◎韦宁清

“三月三”是壮族人民美丽动人的节日。

“三月三”是芳香醉人的节日，人们采来山野香草，制作人间最美味的食物。

“三月三”是色彩缤纷的节日，在壮、瑶、苗、侗等少数民族聚居地区，村村寨寨张灯结彩，家家户户蒸煮五色糯米饭，染彩色蛋，杀鸡宰鸭，喝酒庆贺，欢度节日，有些地方比过春节还隆重。

“三月三”是歌的海洋，从古唱到今，从村头地角，唱到绿色的山坡，歌声飞扬，漂洋过海，歌唱人间纯真的爱情，歌唱人类美好的品德。

因为影响深远，2014年，自治区人民政府决定“三月三”期间自治区内全体公民放假两天，“三月三”从此成为法定节日。覃塘区

樟木乡“三月三”文化艺术节（黄秀成摄）

壮族是整个广西壮族的一部分，有 30 万人口，分布在樟木乡 16 个村、东龙镇 15 个村以及山北乡、蒙公乡、黄练镇、大岭乡、三里镇、五里镇的大部分村。“三月三”是覃塘区壮族人民最隆重的节日之一。

壮族人民自古勤劳朴实，能歌善舞。相传从秦朝有历史记载以来，他们就用山歌表达自己的生活感受，从天文地理到人间的爱恨情仇，都是用简练的山歌唱出来，口口相传，历久弥新。随着社会的发展，物质生活日益丰富，“三月三”的歌会更富影响力，从年轻男女对唱表达爱情到传授农耕知识、传播传统道德文化，越唱越广泛，聚集的人越来越多，逐步发展成农产品展销、地方小吃展示的平台，成为名副其实的歌圩。其中尤以樟木乡、东龙镇、大岭乡最具有代表性，每场歌圩人数少则几百人，多则数千甚至数万人。

覃塘山歌历史源远流长，内容丰富多彩，有劳动歌、时政歌、仪式歌、情歌、生活歌、传说歌、儿歌等。其中最受男女青年喜爱的莫过于情歌。情歌又分初识、诘问、赞慕、初恋、相思、热恋、结婚、送郎、思别、苦情、逃婚等，内容涉及整个谈情说爱的过程。

在动荡年代，在山野间唱支山鸣谷应的山歌，是一道动人心弦的风景。据民国《贵县志》记载，当时县城民众的娱乐，不外就是打醮庙会期间，组织各类戏团演出粤剧、师剧等，并以舞狮子助兴。而在广大圩市，每逢传统节令，唱山歌、对山歌则是许多农村居民的一种日常生活方式，尤其是覃塘，每当重大节令，如农历“三月三”，壮人聚居的村落都会自发性地形成歌圩。壮话山歌、白话山歌、客家话山歌，你的节日我来贺，斟杯美酒一起唱，各民族山歌不断交汇、融合，逐步形成了覃塘区别具一格的歌海，也是覃塘人民民族大团结、大和谐的特色风景。

国民党新桂系主政广西期间，大力推行汉族同化政策，为了让少数民族“移风易俗”，将民间盛行的歌圩、男女对唱山歌视为有伤风化的“淫乐”，将其列入“不文明行为”，明令禁止省内少数民族唱山歌、赶歌圩等活动。广西各地民间歌圩由此沉寂，转入地下。

蒙公乡“三月三”文艺汇演（韦东保摄）

山歌根在民间，野火烧不尽，春风吹又生。新中国成立后特别是改革开放后，随着文化多元化发展，民族民间文化得到挖掘和弘扬，壮话山歌又走进了共和国的大家园里，随春劲发，盛况空前。

据 1993 年版《贵港市志》记载："1987 年端午节，在壮族聚居的古樟乡（今樟木乡）举行壮族山歌比赛及文艺调演。参加赛歌的有古樟、东龙、蒙公、中里、奇石等乡歌手，共 30 名。观众多达数万。相邻的武宣、宾阳也有群众来参观。此次山歌比赛，李守榜、韦炳面等 30 多人被县民委和文化局命名为贵县少数民族民间歌手。1988 年'三月三'歌节，举行壮族山歌比赛，参赛的歌手来自古樟、东龙、蒙公、中里、奇石、黄练、三里、大岭、山北、振南等乡镇。这些壮族的群众文化活动，深受壮族人民的喜爱。"

三里镇义渡桥的歌圩，正是在这一时代背景下自发形成的，随着规模与影响的不断扩大，"义渡桥歌圩"成为以三里镇为中心，带动辐射周边乡镇数万群众的民间群众文化盛事。每到三里镇圩日，不少民歌爱好者自发聚集在义渡桥旁，大唱山歌，抒发感情。

三月的天空，总有绵绵不断的情韵，就像覃塘福龙河边纤细多情的岸柳，随着三月的小阳春飘摇，潇潇洒洒，如痴如醉，醉在三月的柔情里，醉倒了多情善感的歌者，醉倒了勤劳勇敢的壮族乡民。

歌王来自田间
——樟木的行吟歌者

◎韦宁清

从美丽的荷花镇覃塘出发，走过山清水秀鱼米飘香的蒙公乡，穿越山北乡的茫茫蔗海，一路往西，你会惊叹大自然的神奇：石灰石铸就的大山宛若侏罗纪奇景，树木翠绿欲滴，更神奇的是山山有奇貌，栩栩如生。有像雄鹰展翅的飞鹰山，有像雄鸡昂头报晓的金鸡山……一路秀色可餐，一路美不胜收。30 公里，路不算很远，但如果想要歇歇脚，你尽可在黄龙村谢村屯路边的古榕下喝上一碗清凉的玉米粥，然后，过樟木街往西再走七八公里，你就到了山坳里的李塘村李村屯，这里的山更秀，水更清。

这里的谷米孕育了广西壮话山歌王李守榜的躯体，这里的山水润甜了广西壮话山歌王李守榜的歌喉。他从小牧牛山野，肩挑山木，他

只读过两年书，却能“指物即唱”，传神动听，让人耳目一新。他几十年如一日，逢山唱山，遇水唱水，逢婚娶高唱花开富贵丁财两旺，见添丁上榜喜吟椿萱并茂鱼跃龙门。过去低吟长叹旧社会穷人命比黄连苦，如今高声放歌改革开放人比桃花俏。这般歌才，这等心地，村村寨寨称奇，山山弄弄传颂。

李守榜出生在世代农耕的山村里，因为种种原因，在学校只读到小学二年级，但是李守榜从小就是一个聪颖要强的孩子，人生处处是学校，村里人人都是老师，只要心里有个念想，总会有办法学习。那念想就是唱山歌，唱支山歌传四海。要想唱好歌，就要有老师来教。不去学校又能学到东西，怎么办呢？小小年纪，竟让他想到一条妙计。

“天热时，点亮一盏灯。”

“天冷时，就起一盆火。”

那时穷，人们不舍得点灯，灯亮的地方就有人聚集，人多了总要说话，总有能人来讲人生百科。他热爱语文，不懂的字呀词呀，总要问个明白。慢慢地积累了些词句，借些小说来看，看不懂就查字典，或者请教读书多的人，文化有了提高。慢慢地他学着村里的人唱起山歌。壮话山歌，口口相传，会说就能唱，但是唱出来却不能用文字写下来，也是很懊恼的事情。

说来也巧，抗日战争时期，很多文化人为躲避战乱逃到山里来，村小学也来了一个有大学问的教师，是四川来的，并且是诗社的！难得知音，一见面，如鱼似水。从词句的韵律对仗，到谋篇的赋比兴……一个学富五车，一个聪颖绝顶，一个巧妙点拨，一个心领神会，一段山中奇遇，一段人生传奇，成就了李守榜从放牛娃到山歌王质的蜕变。

相见缘来，相处恨短，不到两年，抗战胜利，老师归城，村头一别，唏嘘再三……这是一段何等的奇遇佳话！

李守榜是个很特别的人，也是一个很普通的人。

“山歌有套路，但又不拘泥于套路。”李守榜说，唱山歌要思维敏捷，触景生情，情生歌韵，就如一石激起千层浪。要达到这种境界，必须每天观察，读书、看报、看电视，用心琢磨，心有沉淀，总会起涟漪，再有阳光色调，不潋滟也会光彩。

“红杖摆龙尾，文字得通天，献功德福自来，生女孩乖，生男孩有样，参军出大将，入学上清华。”他在古稀之年唱起山歌，仍然思维敏捷，声音洪亮，神韵十足。对春节期间村里的年轻人给老人派发红包的敬老之举，李守榜用山歌道以美好的祝福。

20世纪90年代，时年50多岁的李守榜应壮文推行进校暨蒙公乡“三月三”歌节组委会邀请，来到古山村古东屯参加节日庆典，当晚就餐时，村民让李守榜以古东屯执行国家政策进行农村改革，乡村面貌大改变为题材，即兴唱一首山歌。

李守榜看看席间桌上摆放的蜡烛，随口唱道：“蜡炬化成团，捏个女孩来，如来古东嫁，不用谁做媒。”唱毕，村民拍手称好。“过去当

李守榜（右二）在对歌

地因为穷苦，女孩都不愿意嫁过来，现在人们有冲劲，生活变好了，当然受人欢迎。”李守榜解释山歌的含义。

“要唱什么就有什么，去到哪里都一样。”李守榜的邻居李树清说，在当地，无论是婚庆、新生、祝寿，还是新居落成，村民都乐意请李守榜去唱山歌庆贺。

1994 年“三月三”，李守榜作为贵港的壮话山歌歌手代表，应邀前往南宁参加“歌王大赛”。比赛中，李守榜在全区各地山歌能手中脱颖而出，获得了广西山歌学会颁发的“广西民间歌王”称号。

提起当年的比赛，李守榜说：“比赛由评委出题目，一问一答，选手要在 30 秒内用壮话山歌唱出来。”当时决赛的题目是“中国的立国之本”，对手因超时没答唱。李守榜上台随口唱道：“钱有，米也有，望千岁美满，此为我们的立国基本。”最终，他获得了“歌王”的荣誉。

李守榜倾尽一生心血，歌唱大自然的美好，讴歌人间的真善美，宣传党的光辉政策，并呕心沥血，反复琢磨，编纂成册，玉成百首，分送乡文化站和文艺队。此举十分可敬。他虽然去世了，但他的歌还在，他的刻苦，他的勤奋，他的智慧，永远如一脉老藤在青崖高处迎风招展。那动听的喉音，丝丝歌韵，与清风同在。

渐行渐隐的乡村文艺
——神秘的师公戏

◎韦宁清

到了覃塘，不论是圩镇，还是僻远的山村，只要你留意，总会发现有人在“跳师”。跳者穿着古服，迈着舞步，唱着人们似懂非懂的歌谣，脸色凝重肃穆；看者看到滑稽杂耍，偶尔发出笑声，时而也会随着舞者的哀调神情黯然。面对此情此景，你会想起人生悲喜、人鬼三界……“跳师”度你出苦海，度你到善处，冥冥中让人的心灵得到超脱和净化。

“遥闻瓦鼓响坛壝，知是良辰九九期。三五成群携手注，都言大社看跳师。”“放下腰镰力未疲，喜邀同伴看跳师。归来羌豆休忘买，留待明朝逐疫时。”这是清代诗人梁廉大描述的重阳日乡人看“跳师”的愉悦场面。前一首注脚曰：“重九日街墟尾大社每装假相（面具）跳舞唱歌，谓之跳师，人多注看，次早则

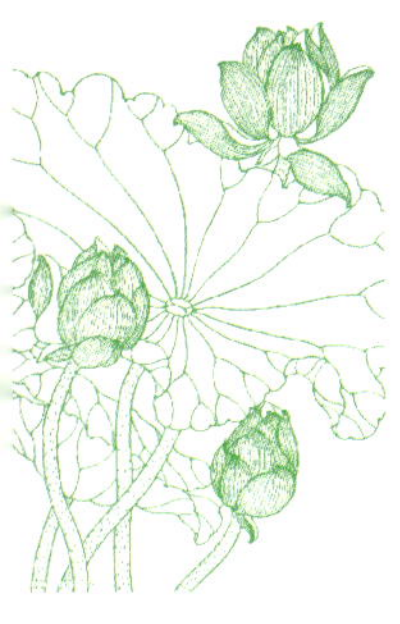

沿门颁符，古乡滩之俗存也。”后一首注脚曰：“乡俗每值秋季扮万相唱歌谓之跳师，次日沿门逐疫，家家以黄豆羌丝祀祖，盖犹存滩之古俗云。”

师公戏源于傩祭古俗，乡人俗称“唱师”“跳师”。师公是民间祭礼的主持者，在祭祀活动进行时，以演唱或舞蹈伴之，使祭祀活动既娱神更娱人，深受群众喜爱。

覃塘流传的师公戏，除壮族师公戏外还有汉族师公戏。汉族师公戏又分为客家师公戏和白话师公戏。客家师公戏流传于覃塘、东龙、五里等地，其传统剧目《大酬雷》具有明显的南方农耕文化烙印。雷神是农民心目中主雨水的天神，每年开春，人们跳这个舞蹈祈祷雷神普降喜雨润湿土地，万物竞发，表达对新一年丰收的渴望和期待。这个戏没有对话韵白，主角“雷神”的舞蹈动作也是日常劳动情景的再现：伐木、制农具、犁田、耙田、收获……人神合一，人格化了的神给人以战胜自然的无限力量。这种再现生产、生活，表现劳动人民勤劳智慧的师公戏，在民间产生了深远、积极的影响。

覃塘民间盛行的“游菩萨”，也是师公戏的一种。或在三月初三，四月初四、初八，或于八月初二社举行，各村的节期有所不同。“游菩萨”节，是亲友走访相聚的节日，更是祈祷万福的节日。

“游菩萨”的主要活动内容是看“跳师公舞”。艺人们扮成天将，把捉来的“妖怪”放进一条纸糊的龙船里，然后把龙船扛到河边，点火焚烧，放进河里，让灾星妖孽随水流去，以保一方安康吉祥。

如今已是古稀之年的何家前，30 岁开始跟随父亲表演师公戏，此后一直是当地师公戏的代表人物。“我家的戏艺从 1825 年开始传承至今，已历经五代，面具一直保留着，唱本也都是历代老人在先人的基础上，结合当时的实际进行的再创作，留下的都是地方文化沉淀的精华。”何家前似乎沉浸在从戏生涯的漫漫长河中。

他从里屋拎出一个麻袋，将麻袋里的面具和戏服摆放在地上。10 个面具全为木料制作，喜、怒、哀、乐表情形象生动；戏服大多已经破

东龙镇师公戏（覃金镜摄）

损，但花纹仍清晰可见。“先人遗留下来的大部分戏服已经破烂了，现在用的是一套定做的大红袍。”何家前神情凝重，有些惋惜地说，本来每套戏服都有一个对应的人物面具，现在什么都贵，自己又没有什么经济来源，眼看着戏服、面具慢慢地变少，只能用大红袍代替所有面具人物的戏服，单调，缺乏情趣。

“演唱要有腔调，一般为 7 字句，咬文嚼字要准确。”何家前说，学唱首先要练习嘴形发音，嘴形控制得好，音调才清。舞是即兴的，没有固定的套路。但现在的年轻人不愿意学这样的唱法和舞步，眼看着古老的民间艺术在乡村淡去，何家前心有不甘。

师公戏技艺面临着即使倾囊相授也没人愿意学的尴尬。“师公戏技

艺原先不传外人，但现在连自己的儿子都不愿意学，只能通过收徒来传承。”何家前介绍，无论继承还是收徒，新成员必须经过 7 天的斋戒后才能入门，这个条件使很多年轻人望而却步。“我们只是想让先人传下来的文化精华能得到延续。”这是何家前等师公戏传人的心声。

在师公戏剧目特别是土谷神剧目中，保留了大量的民间传说和故事，只要师公戏保留下来，这些珍贵的民间文学遗产也就保留了下来。而这些遗产在研究民族学、民俗学和民间信仰上又有着独特的价值。更为重要的是，师公戏流传于乡村，是活跃乡村文化生活的一支十分重要的力量。

可喜的是，2011 年 5 月，自治区文化厅公布了第三批自治区级非物质文化遗产项目代表性传承人名单，贵港市共有 2 人入选，其中就有贵港师公戏的代表性传承人何家前。

近几年，东龙镇政府对师公戏进行保护和推广，完善了“师公戏”的建档工作。覃塘区将其列入民间传统文化保护系列，在重大节假日组织“师公戏”会演，并长期举办“师公戏”传承人培训班，在乡村中小学普及师公戏常识教育，开展民间艺术进校园活动，在活动的过程中培训年轻演员，师公戏可望后继。

香味，也有绚丽的颜色

——五色缤纷的糯米饭

◎韦宁清

三月，用你的巧手采摘山野之花，蒸煮人间最美丽的甘香；三月，用你最严密的簸篮淘洗乡村最纯正的糯米；三月，收取纷纷细雨编织五彩斑斓的春之梦。三月是滋润的，三月是娇嫩的，三月的糯米饭糅合了村村寨寨多彩的幸福情感。手捧一团五色糯米饭，意味深长，韵味悠悠……

这美味可有来头呢。村里老人都说从前有位才智超群的壮人叫韦特桂(Weiz Daeggwɪ)，是皇帝的臣下。一年大旱，他为解除百姓疾苦，奏邀皇帝亲自到僻远的壮乡看看，看罢，就恳请皇帝免去皇粮国税。皇帝后来发觉壮乡山山岭岭有山泉涵养水源，知道中了诡计，这样欺君还了得吗？下令捉拿韦特桂。壮乡百姓闻讯，连夜送韦特桂到深山老林躲藏。皇兵恼羞成怒，于是放火烧山，整个山头都烧

“三月三”用五色饭祭祀祈福（钟晓华摄）

光了。这一天正好是农历三月初三。皇兵走后，乡亲们在山上找到了韦特柱的尸体，含泪把他葬在枫树旁。等到秋天枫叶变红，红叶泡出来的汁却是乌黑的，那是乡亲们骂黑了皇帝的心肝。此后每年“三月三”，人们都用枫叶汁染黑糯米，蒸熟后拿到山上祭祀韦特柱，希望他能安息。

遥远的深山里，还有一个有趣的传说。古时候壮家村寨有个父亲早逝的年轻人叫特侬(Daeg Nuengx)，与瘫痪的母亲相依为命。特侬非常孝顺，怕母亲烦闷，砍柴或插秧都背着母亲同去，而且每次都带一大包母亲最爱吃的糯米饭，以便母亲饿了充饥。后来被一只猴子发现了，趁特侬砍柴，猴子就把糯米饭抢走。母亲只能眼睁睁地看着猴子扬长而去。一连几次，特侬都无可奈何。看着饿极了的母亲，他随手扯着身边的枫叶想，怎么办呢？突然，特侬发现自己掐枫叶的手被染上了黑色，于是灵机一动，把枫叶摘回家，捣烂后用水浸泡出黑色液汁，再将糯米饭放到黑液汁中浸泡。

第二天捞起糯米蒸煮，一股清香弥漫全屋。母亲在屋里喊，什么东西这么香啊！特侬兴奋地说，达咩（daxmeh 壮语，母亲的意思），这是黑色糯米饭！这一天正是农历三月初三。清晨，特侬带着母亲上山砍柴，他用芭蕉叶包着黑色糯米，并故意露出一点黑乎乎的颜色。猴子看见黑乎乎的东西，碰也不敢碰，便远远地走开了。

类似的传说，表达了人们美好的愿望。这是传说的生命，也是五色糯米饭的味道。

五色糯米饭是壮族地区的传统风味小吃，因呈黑、红、黄、白、紫五种色彩而得名，又称“乌饭”。每到三月，香喷喷的五色糯米饭就在壮族村寨的空气里飘荡，它味美甘香，五彩缤纷，真是好看又好吃，是壮家用来招待客人的传统美食。每年农历三月初三或清明时节，覃塘各族群众家家户户制作五色糯米饭。壮家人喜爱五色糯米饭，五色糯米饭象征着生活吉祥如意，年年五谷丰登。

制作五色糯米饭，需选取优质糯米，采来紫蕃藤、黄花、枫叶、红蓝草，分别取液浸泡糯米，然后合而蒸之。这一过程是医学和烹饪学的充分结合，闪烁着壮族先民非同寻常的生存智慧和审美情趣。

黑色糯米饭即用枫叶及其嫩茎之皮，放在臼中捣烂，稍为风干后浸入一定量的水中，一天一夜后，把叶渣捞出滤净，即取得黑染料汁。黑染料汁要放入锅中文火煮至50~60摄氏度，再把糯米浸入其中。蒸熟后得的黑饭，油光发亮，香气袅袅四散开来。枫树叶和旱莲草的药用功能也很好。枫树叶别名黑饭叶、枫香树叶、路路通叶，味辛微苦，气香，性温，无毒，能去风、行气、解毒。旱莲草俗称黑墨草、墨菜、鳢肠、白花蟛蜞菊、莲蓬草等，性甘酸微寒，具有凉血止血、清肝热、养肾阴之功效。

黄染料可用黄饭花（壮语叫“花迈”vamaiq）、黄栀子、黄羌等植物的果实、块茎提取。将黄饭花汁煮沸，或将栀子捣碎放入水中浸泡，即得到黄橙色的染料汁，也可用黄羌捣烂后与糯米拌匀用力搓，直接蒸，不用浸泡。这些花草都具有清热解毒功能，是壮家人医治急性肝炎和慢性肝炎的常用药。黄饭花还具有清肝明目、退角膜云翳等功效。

红染料、紫染料是用同一品种而叶状不同的红蓝草（壮语叫gogyaemq）经水煮而成。红蓝草别名红线蓝、山蓝、观音草等，叶对生，尖卵形，两面无毛。叶片稍长，颜色稍深，煮出来的颜色较浓，泡出来的米即成紫色；叶片较圆，颜色较浅，煮出来的颜色较淡，泡出来的米即成鲜红色。红蓝草性味淡凉，散瘀止血，治跌打瘀肿、急性扭挫伤、内伤咳血等。

至于白色，糯米饭的本来面目就是白色的，把白色的糯米掺杂在上述几种颜色之中，这样五色糯米饭就更加鲜艳亮丽了。

五色糯米饭色泽鲜艳、五彩缤纷、晶莹透亮，再加上它的滋润柔软、味道甘香、醇正平和，吃过的人总会久久难忘。

巷子深处的那道彩虹
——元宵节里看花灯

◎韦宁清

覃塘自古以来交通发达，南来北往，西去东来，各种文化逐步发展成为一种独特的汉壮结合的文化体系，民间文化十分发达，节日文化也很多，其中花灯节就是覃塘民间节日文化之一。

在覃塘区覃塘镇、石卡镇、大岭乡、三里镇、东龙镇等，几乎每个乡镇都有一些村屯有深厚的花灯文化。据说花灯在当地已有三百多年的历史，最初是用来驱鬼辟邪、求神消灾、祭祀祈福的，后来慢慢演变为添丁（和“点灯”谐音）的挂花灯习俗。

花灯节在有的地方从农历正月初十开始，母亲带自己上一年出生的男孩到社庙里把花灯挂到宗祠（或社庙）的房梁上，向祖宗或社王报人丁，祝孩子一生平安成长。灯用竹篾扎框架，内点油灯，每天加油，外糊花纹纸，上写祝福语或者谜语。这一天，设宴饮花酒，外祖送衣服、玩具等，亲友也有赠礼品或送封包利市的，外家人来做客，邀亲朋好友共

潘铁明和他的七彩花灯（韦世策提供）

饮酒宴，一直到正月十六才落灯。家庭条件好的，还放电影或者请戏班子来演戏。这个时节，忙碌了一年的村民，难得一聚，互相道个喜，斟上一杯淡酒，闲谈世界咸淡。青年小伙、年轻妹子也趁机好好打扮一番，借看电影、看戏的大好时机，亮一亮自己的风采，因此，在花灯节，总有不少人能玉成美好姻缘。一些小商小贩，就像蜜蜂飞向花丛，蜂拥而至，更增添了节日的热烈气氛。戏台旁边，水果摊、玩具摊、成衣摊、小吃摊……一摊连一摊，人来人往，热闹非凡，色彩缤纷，真是一道美丽的风景线。

花灯节在有些地方叫元宵节，也叫上元节，时间是农历正月十五。这天，老人给小孩买小花灯，晚上小孩子玩的时候，喜欢比比谁的花灯最精巧最漂亮，大人们则把酒话桑麻，说说人间快乐事。正月为元月，古人称夜为“宵”，而正月十五又是一年中第一个月圆之夜，所以称为“元宵”。一元复始，大地春回，天上明月高悬，地上彩灯万盏。人们观灯、猜灯谜、吃元宵，合家团聚，其乐融融。

覃塘四通八达，容纳了来自不同地方的人，不同地方的人带来了元宵文化，丰富了民族地区的节日文化。吃元宵象征家庭像圆月一样圆，寄托了人们对未来生活的美好愿望。

说起花灯，在覃塘最负盛名的，要算东龙北街潘家花灯了。传说清朝初期，潘家人就以花灯艺术谋生，那时，潘家人个个会编花灯，那条深深的巷子，满是花灯的奇形异彩。远的横县、来宾、玉林，附近的西山石卡，人们都喜欢到同益门定做花灯。如今潘家花灯的传人潘铁明已是第四代了，其花灯做工精巧，美观耐看，富有艺术特色。

制竹篾：砍、劈、剖，全是人力

花灯是用来挂的，要求灯身空而轻，因此要选用轻巧而有韧性的竹作为原料。准备原料要经过砍、劈、剖和锯四个步骤，全部依靠人力完成。手艺人首先要选择合适的长竹竿，用刀将之劈开、锯断，再选取竹表面较嫩的部分用刀剖下，制成上等的竹篾。

编灯骨：量、折、编，全靠手艺

花灯的灵魂在于骨。一只花灯是好是坏，潘铁明用手掂着花灯告诉

我们，“全看灯架站得稳不稳。”花灯分为立体灯和非立体灯，玄妙就在于灯骨的编织上。编织竹条的手艺其实是制作花灯的精髓。花灯分为中灯、大灯和特大灯。作为原料的竹条已经有一个传统的规格，在取竹篾时，需要用一块画有刻度的木板来度量长度。有些竹篾直接取一段，有一些转折处的竹篾则需要在中间折断一个关节，再在关节处用纱纸粘起来。编织时，手艺人双手灵活地在竹条间穿梭，很快就织出一副错落有致的骨架。

贴花纸：画、印、糊，全图吉利

灯架编好后贴花纸，这是最抢眼的一道工艺。每户手艺人都设计有大同小异的图案，用来糊在花灯上。这大概是从一个祖师那里学来的。早年，这些图画是用画笔描在纸上的，现在交给了打印机。东龙的传统风俗是生了儿子挂花灯，在潘家花灯店内，灯上的图画和字都是鱼跃龙门、荷叶送莲子、状元及第、五子连灯、子孙满堂、花灯报喜等。这些吉祥如意的字画，是花灯永恒的主题。

在那久远的年代，在历史的深处，实现了起承转合——或许是灯节的热闹喜庆与吉祥，正适合民间土壤的生长，并繁衍生成一种民俗，遗落在覃塘乡间。覃塘的花灯制作集合了竹艺、装裱、剪纸、绘画等民间技艺，以辞旧迎新的情感为辅垫，展现的是花团锦簇的绚丽，还有散佚民间的文化图像。

2014年春节，在东龙乡村文化节上，鲤鱼灯、莲花灯、茶灯、毕业灯、宝塔灯……各种花灯大放异彩，寄托了人们对新一年的希望。在安宁、静谧的六放河畔，百千盏莲花灯漂游于清波之上，烛光摇曳，波光粼粼，四周只有天籁之音。莲花灯的烛光是橘红色的，在碧波之上却变幻着七彩的璀璨，如梦如幻。

巷子深深，七彩的花灯，七彩的生活，如一挂彩虹，从远古走来，一路靓丽。

中元节的神秘与温柔

◎韦宁清

七月，用纯洁温馨的荷叶，托起千年糯米粑的芳香和甜蜜；七月，用矫健肥美的水鸭寄托我们民族对灵魂的美好祝愿；七月，到波纹荡漾的河边点亮我们的心灯，照亮我们圣洁的魂灵；七月的月亮在树梢上栖息，七月的目光温柔地回眸……

村里老人说，鬼节就和人间的春节一样，尘世间的人们也会在这阴间的节日里给先人们送去寒衣。七月初一开始，鬼门关就开了，一些亡魂可以化成各种动物悄悄地回到生前的家里探望。晚上常常有亡魂四处活动，阳气低的人晚上出门就会看到许多鬼的样子，千万别出门，别回头看，否则会招来晦气。胆小的人那时真的都不敢出门了，一到晚上就钻进被窝蒙

因荷有偶　相约七夕（覃长佳摄）

头睡觉，直至太阳高悬，群鸟闹枝头。

在乡间，鬼节还有很多禁忌呢，比如说：晚上不要穿戴绣有自己姓名的衣物，以免元神被附身；另外最好避免连名带姓直呼别人名字，否则一旦给“鬼”听到后，会趁机取走他的三魂六魄；若听到有人喊自己的名字，也千万不要立刻回头或回应；晚上睡觉或天黑以前，要把晒在外头的衣服收回来，以免被“鬼”借去穿；夜游时最好不要乱照相，否则“鬼”会入镜与你合影，手电筒也不要往树上乱照，以免惊动喜欢附着于树梢上的“鬼”……

诸多禁忌，说也说不完。其实，世间有没有“鬼”，科学发展到今天大家心中明白，大不可不必如此忌讳。对于许多人来说，这已经不成问题，心中无“鬼”，才能心安理得过好生活，做好工作。

道教记载，地藏菩萨的母亲去世后来到阴曹地府，被关在牢房里受到十八层地狱的种种折磨。地藏菩萨是个孝顺的儿子，看到母亲受罪心中不忍，在七月十五这天竟徇私情，让看守牢房的狱卒把他母亲偷偷放出来，牢房中的鬼魂趁机蜂拥而出，跑到人间索要食物钱财，以便回去用来生活和打通关节早日托生。后来，人们把这一天定为中元节，并准备丰盛的酒肉食品祭拜祖先与阴间鬼魂。

佛经故事叙述：目连之母堕落饿鬼道中，食物入口即化为烈火，饥苦太甚，命似倒悬。目连求救于佛祖，佛祖令其作盂兰盆，至七月十五日具百味五果于盆中，供养十方僧众，而后，其母得以脱离鬼道，升入天堂。

由此可见，中元节源于弘扬传统美德的慈善孝心。因为亲情的感召，血脉的延伸，今天，我们以庄重的仪式、虔诚的态度为逝世的先人祭拜烧纸，送去礼物，但区区物品，永远捎不完我们对远去亲人的绵绵哀思和深深怀念。

中元节在覃塘区很特别。很多壮族村有的过农历七月十二节，有的过七月十三节，有的从农历十三一直过到十五；有的说过“鬼节”，也有的叫过“鸭肉节”。节日里，家家宰鸭，做酸荞头鸭卤。还有煎糯米卷粑或者油炸糯米粑，这也是覃塘的一种美食。磨糯米浆或粉，买红糖或白糖，采回新鲜荷叶，把糯米粑煎熟了，摊在荷叶上，趁热撒上糖，慢慢卷起，等凉了再用剪刀剪成丝。这时，糖已经融化到糯米粑，黏黏柔柔，有糯米的芳香，有蔗糖的甜蜜，更有荷叶的馨香，可好吃了！

中元节时，出嫁的女人要拎一只鸭回娘家祭祖。有烧纸船、祭祖、放河灯、点莲花灯等民俗，表达对逝去亲人的追思。墨家创始人墨翟主张“明鬼”，就是尊重前人的智慧和经验。“鬼”指逝去的人。剔除其中的迷信色彩，这种习俗传递的信息就是我们每个人都应该对逝去的先人存有敬畏。这包含了中华民族的传统美德——孝道。所谓“百善孝为先”，孝是善心、良心和爱心的体现，无论是对尚健在的长辈，还是已逝的亲人，不忘孝道，这才是中元节的现实意义。

门外夜施幽，专防鬼怨咒。如今，十四节当晚还会有许多阿婶祭拜孤魂野鬼。用纸或大叶子盛些饭菜，丢到路口。老人说，这一方面是祭拜孤魂野鬼，另一方面是让家宅里的蛇虫鼠蚁跑到门外饱餐，十四节当

晚“那种东西”一般会附身于蛇虫鼠蚁，让它们聚在屋外当然好过在家宅里游荡。覃塘人喜欢吃鸭子，十四节必定杀活鸭，做一盆酸荞头焖鸭。吃白斩鸭的，就做酸荞头鸭卤，鸭肉蘸着酸荞头鸭卤吃。之所以杀活鸭祭祖，据说是让“老祖宗”赶回去时如果挤不上桥，至少还有一只鸭仔船，至于为什么要用酸荞头焖鸭，那是让死鸭知道地点——奈何桥头（“算桥头”和“酸荞头”谐音）。

关于中元节的故事，传说总是有点神秘，而中元节的亲情却是温柔的。正如一首流行歌所唱的那样：“长夜空虚枕冷夜半泣，遥路远碧海示我心，父母亲爱心，柔善像碧月，常在心里问何日报？”

第五章

峥嵘岁月的红色记忆

乡间的红色丰碑

——三里罗村广西党代会旧址

◎方 朗

1936年的一个夜晚，罗村，劳作了一天的农民已早早休息。罗村党支部的共产党员覃业广还在看着农民夜校的书籍，昏黄的煤油灯映照着他刚毅的脸，妻子背着才几个月大的儿子，一边补衣服一边哄孩子入睡。

“汪、汪、汪……”几声狗吠从屋巷响起，覃业广警觉地把资料收起来。很快，门外响起几声敲门声，轻缓而有节奏。覃业广在门后轻声问：“谁？”门外静默了一下，然后说了声：“辣椒，细又长的那种。”

覃业广心里一阵高兴：“四哥！”

四哥就是中共地下党员黄彰，当时负责西区的地下工作，爱吃辣椒，抓一把细又长的青

会议就是在这个房间秘密召开（方朗 摄）

皮辣椒放在嘴里，像吃青菜一样泰然自若。

黄彰头带竹笠，身披蓑衣，一副农民的样子，与往日白天那个身穿长袍，头戴礼帽，手拿算盘和账本来收租的地主装扮大相径庭。

覃业广出去逐家敲门，很快，覃业珍、覃业用等罗村党支部的成员都集中过来了。覃业广把煤油灯的火焰拔高一点点，屋里亮堂很多。大家专心地听着黄彰的部署："特委准备在罗村召开一个会议，参加人员比较多，我们罗村党支部要做好会议的保卫和接头等具体工作。业珍负责组织外围的保卫工作，在主要路口和山头为会议站岗放哨，并在那天想办法把敌人的交通电话线剪断。业广负责内围即会场的保卫工作。业用负责后勤，组织几名群众为会议人员做饭，参加会议的代表分散住在群众家，万一暴露，方便分散撤退……"

1936 年，对覃业广来说，是一个非常具有意义的年份。这一年，他的儿子覃柏林出生了。这一年 11 月，中共广西"三大"在罗村胜利

召开，这是一次在广西革命史上具有划时代意义的会议。

覃业广还来不及抱一抱尚在襁褓中的儿子，就匆匆投身会议的筹备工作。这位宁可上山挖野菜度日也不愿意借高利贷的汉子，对压迫和剥削具有很强的抗争意识。1926 年，罗村的进步青年、贵县第一任共青团书记覃增文回乡组织农民协会，开展减租减息斗争。覃业广、覃业珍、覃安廷、覃业用等人，在覃增文的革命思想影响下，积极参加农运，成为骨干力量。

1927 年秋，反动派通缉革命人员时，覃增文在积劳抑郁中病逝。同年冬，地下党在罗村建立了党支部。当时负责在西区活动的黄彰认为罗村群众基础较好，是西区和县委所在地覃塘排厚村之间的据点，便在这里建立了地下党交通联络站。

罗村地处丘陵，沟塘交错，西靠镇龙山，东有义渡河相隔，南通横县，北可达宾阳。一条清清的义渡河，滋润了罗村两岸的土地，也成为地下党阻击反动派的天然屏障。即使敌人费尽九牛二虎之力乘船渡过河

中共广西三大旧址（方朗 摄）

来，我方人员早已闻讯撤退，消失在镇龙山莽莽的林海之中。在白色恐怖的斗争岁月里，具有战略地理优势的罗村，无疑是贵县地下党早年开展革命活动的绝佳场所。

罗村的党支部具有深厚的群众基础，罗村群众和党组织血肉相连。1928 年，桂军团长黄鹤龄部周元到三里清乡，在群众的掩护下，罗村党员没有暴露。为了筹路费，生活并不富裕的罗村党员宁可把冬衣、棉被典当掉，冬天把蚊帐卖掉，也要资助革命同志。覃业广家作为交通联系站，他宁可借米或典当衣物也要让革命同志吃饱睡好，宁可自己一家老小喝木薯粥，忍饥挨饿。这种无私的奉献，对党忠诚不变的精神，在踏上征程的战友身上，溶化成一股巨大的暖流。

广西三大在罗村召开，是历史的选择和必然。罗村会议是在革命处于低潮的严峻形势下力挽狂澜的重要会议。如果说“遵义会议”挽救了党，挽救了红军，那么罗村会议也可说是挽救了广西的党组织，挽救了广西的革命。

1936 年下半年，全国抗日救国民族解放运动不断高涨，风起云涌。但是当时广西各地区的地下党组织基本上是独立作战，力量比较分散，工作也难展开，迫切需要有一个全省性的指挥机构以实施党的统一领导。因而，成立中共广西省工委的时机已经成熟。具有优越地理位置和深厚群众基础的罗村，站到了历史舞台的前面。

罗村会议选择在罗村大户覃增棋家召开。这是一幢青砖黛瓦的三合院，位于罗村的最西头，非常隐蔽。受哥哥覃增文的影响，覃增棋思想开明，支持革命活动。会议选择在罗村召开，也是党对久经考验的罗村党支部和群众的高度信任。罗村党支部的党员组织群众全力做好了会议接头、后勤和保卫工作。

1936 年 11 月 7 日至 8 日，原定的郁江特委地区党代表大会在罗村秘密召开。出席大会的有郁江特委筹委会书记陈岸、委员黄彰，以及陆川、北流、兴业、南宁、横县、贵县、桂林和右江苏区的代表共 20 多人，中共南方临时工作委员会李守纯同志出席了会议。由于出席会议

的代表超出了郁江地区范围，会前根据李守纯的建议，决定把会议名称改为中共广西省代表大会，把计划重建中共郁江特委改为中共广西省工作委员会。这个决定，后来得到了南方临时工委的承认和同意。

陈岸在会上做工作报告，李守纯作目前形势和任务报告。大会认真分析了国内外的形势，总结了广西党组织在遭受敌人严重破坏以后和恢复发展组织、继续坚持斗争的经验与教训，通过了关于目前形势和今后任务的决议，确定了今后工作的中心任务：坚决贯彻执行党中央关于抗日民族统一战线的路线、方针、政策，积极发展党的组织和“劳农会”组织，广泛深入开展抗日救亡运动。大会经过民主选举成立了中共广西省工作委员会，陈岸、彭懋桂、滕雪心三人为常委，陈岸任书记兼组织部长、彭懋桂任宣传部长、滕雪心任妇女部长，会后由彭懋桂向中共南方临时工作委员会书记薛尚实汇报情况，得到认可。

经过这次大会，广西重新实现了全省党组织的统一领导，恢复了广西党组织与党中央及中共南方临时工作委员会的联系，增强了广西各族人民抗日救国的核心领导力量。在党中央抗日民族统一战线方针政策的指引下，广西党组织站在民族解放斗争的前列，迅速发展和壮大，放手发动各界群众，推动了广西抗日救国民主革命运动的发展。

三里罗村——这座其貌不扬的普通村庄，曾在战争年代响起了惊天动地的革命风雷，为革命胜利做出巨大贡献。共和国不会忘记，人民也不会忘记。罗村中共广西省“三大”旧址近几年修缮一新，如今已经成为覃塘区和贵港市重要红色革命教育基地，“罗村会议”精神也将在这片红色的土地上继续传承、发扬和光大。

西山有幸埋忠骨

——从富家子弟到坚定革命者的黄彰

◎方 朗

桂东南抗日武装起义是与龙州起义、百色起义并列的广西三大地方武装起义。

在这场起义爆发前夕，桂东南抗日武装起义领导人之一的黄彰早已把生死置之度外，他对战友说，如果有一天我牺牲了，请把我埋在西山，这样，我就可以日夜遥望我的家乡了。

这个出身于富裕家庭的子弟，在血雨腥风的岁月里，百炼成钢，成为坚定的革命者。为了人民的幸福，为了实现共产主义理想，他舍弃家庭，变卖家产，直至牺牲。

1901 年出生于石卡西山圩一个富裕家庭的黄彰，父亲黄河清一生行医，悬壶济世，颇有名望，深受乡里敬重，拥有当时在西山最好

石卡西山村，黄彰烈士陵园（方朗 摄）

的土地和宅基地达三十多亩，是不可等闲视之的人物。

父亲很希望黄彰能继承自己的中医事业。1922年高小毕业后，黄彰离开家乡，先后到宾阳芦圩镇万源昌和南宁的兴隆等药房当过几年店员，学到了不少中医、中药知识。如果没有后来的革命风暴，黄彰一切都会按父亲的意愿那样，学医、卖药、结婚、生子，按照平常人生轨迹有序运行。

但是，革命的浪潮荡击着他原本桀骜不驯的心。黄彰读高小时，正值军阀混战，民不聊生。他对反动统治和人剥削人的社会极为不满。在宾阳和南宁等地药店当店员时，黄彰勤奋好学，得到一位老中医的赏识。那位老中医送了一套线装医学书给他，劝他从医，希望他将来成为一名中医。黄彰对老中医说，这个社会有“病”，帝国主义横行，军阀混战，官僚、地主鱼肉百姓，当务之急是医治社会的“病”。黄彰毅然走上了一条艰苦的革命道路。

他脱下长袍马褂，与农民群众打成一片。1926年底，黄彰从南宁回到贵县，与中共贵县县委书记陈培仁取得联系，开始投身农民运动。他在县城正谷街开了一间怡昌杂货店，一边经商，一边从事革命活动：召集贫苦农民开会，秘密组织家乡一些进步青年阅读革命书刊，向他们宣传革命道理；建立了石卡乡农民协会，组织减租减息斗争，在群众中树立了威信。

他是一个革命理想高于天的人，无论斗争形势多么残酷，始终坚守自己的信仰。1927年“四一二”反革命政变后，国民党广西当局疯狂逮捕和大肆杀害共产党人和进步人士。在白色恐怖的环境下，黄彰以松柏傲寒霜的大无畏气概，向组织递交了入党申请书。1928年初，经陈培仁介绍，他加入了中国共产党。即使是在1931年底，广西地方党组织受到严重破坏，领导广西党工作的中共郁江特委委员只剩下陈岸一人，黄彰依然没有气馁，他与陈岸取得联系，两人继续在宾阳、贵县、兴业、北流、横县、陆川等地坚持党的秘密工作，并筹备重建中共郁江特委，终于迎来在广西革命史上具有划时代意义的罗村会议。

他是一个智勇双全、讲究斗争策略的革命者，他的革命斗争充满传奇色彩。他时而是一个头戴斗笠、身披蓑衣的农民，时而是一位夹着算盘手拿账本来“收租”的财主，时而是一位宽绰的商行老板，时而是一个低微的炊事员。多变的身份掩护下，是一颗对人民赤诚的心。1937年8月，黄彰任中共浔江区特别委员会书记。他当时在梧州的公开身份是电厂的炊事员，负责买菜、做饭等工作。他以这个职业为掩护领导苍梧、梧州、岑溪、桂平、贵县、玉林、陆川、博白等地党的工作。1942年7月，面对反共逆流，当时任代理省工委副书记的黄彰毫不畏惧，与省工委书记钱兴一起，采取果断措施，领导各地党组织紧急撤退，把党的工作重心转移到农村。他以难民的身份，转移来到来宾县大湾乡一带，以烧瓦窑作掩护，并在大湾街开办“天马运输行”，一方面作为省工委的交通站，另一方面为省工委筹集活动经费。

他投身革命即为家。为了革命，他顾大家弃小家，多次毁家纾难，

资助革命。1944 年 8 月，根据中共南方局关于在敌后开展抗日武装斗争的指示，省工委书记钱兴到大湾乡与黄彰研究部署广西沦陷后开展抗日武装斗争等工作，作出准备开展抗日武装斗争的决定。由于大部分党员由城市转向农村，党的活动经费失去来源。为了坚持斗争，黄彰再次回家筹集活动经费，将家里剩下的一所房子和一块地变卖，资助革命。在大湾的一年多里，黄彰为了多攒一些钱给党组织，长期过着吃杂粮、喝稀粥的艰苦生活。他曾在一把自制的羽毛扇上刻着这样的字："路是人踏成的。一九四三·八于窑厂。"

他是一个民族大义者，在抗击日军侵略中，表现出一个革命者的民族气节和大无畏精神。1944 年，日军为打通大陆交通线，再次大举入侵广西。黄彰执行广西省工委的"八月决定"，在桂东南创建抗日游击根据地，成立桂东南抗日游击办事处，机关设在贵县木格社塘村。1945 年 2 月 12 日，办事处发出《制止反共内战，反对反动政府》的快邮代电，号召全县爱国抗日人士制止内战，实行民主，保卫家乡。2 月底至 3 月上旬，在黄彰、吴家宜等领导下，贵县、兴业、博白、陆川四县的抗日武装举行了声势浩大的桂东南武装起义。起义队伍统称抗日自卫军，共 2800 多人。

3 月 8 日，国民党贵县协县长兼民团司令钟鼎率领军警和民团武装数百人，偷袭起义司令部驻地河村。黄彰沉着指挥起义队伍英勇奋战，终因弹尽粮绝，起义武装人员又缺乏经验而被迫撤退。黄彰撤退到双桥乡山村附近的山路上，被双桥乡国民党乡长郑树添等人发现而被捕。为了保护战友，黄彰始终没有暴露自己的身份。刽子手用木棍打断了黄彰的三颗牙齿，鲜血直流，他还是那句话：我是黎塘商人吕善修，和其他人是在逃难中偶然碰在一起的，并痛斥反动派军队乱抓乱杀老百姓。

4 月 12 日，黄彰在木梓簸箕岭被杀害，年仅 44 岁。为了争取民族解放，黄彰流尽了最后一滴血。

在黄彰被押赴刑场时，国民党顽固派残忍地将他的嘴用竹片夹住，但是他依然用尽了全身力气高喊："中国共产党万岁！"他牺牲当天刚好是圩日，赶圩的群众看到共产党员这种视死如归、壮烈就义的情形，纷纷落下了热泪。

黄彰牺牲后，战友们发扬他不畏强敌、敢于斗争的精神，继续把抗日斗争进行到底。三里罗村的党员和群众把他的遗孀曾桂清和女儿黄洁坤接到村中掩蔽保护，整整三年，避过了国民党反动派的追杀。黄洁坤长大后，继承父亲的遗志，投身部队，成为一名坚强的女兵，她的枪法特别准，拿两支手枪左右开弓，枪枪打准靶心，在部队一时被称为“双枪女将”。

我以我血荐轩辕
——陈培仁烈士

◎方 朗

生命的意义在于深度而不在于长度。1928年，中共贵县第一任县委书记陈培仁牺牲时，年仅26岁。26岁，正是风华正茂的时候，正是奋发有为的时候，英年早逝，让人扼腕长叹！26年，这个数字很短暂，但是，烈士的精神，在后人的心中却无限地、恒久地延伸。

他用鲜血和生命，唤醒和鼓励了千千万万的革命者勇敢地站起来，为了民族的解放，为了人民的幸福，前仆后继，英勇奋战。

他的精神鼓舞着曾经一起战斗的坚定的革命者黄彰，继续领导贵县的革命，直至1945年在领导桂东南抗日武装起义中壮烈牺牲。

他在刑场上从容淡定、大义凛然的英雄气概，感染了当时在贵县中学读书的杨善安，让

陈培仁烈士陵园（黄秀成摄）

共产主义的种子深深扎根于这个青年心中。这名桥圩籍青年学生后来就是中共广西党组织的重要领导人陈岸。杨善安改称陈岸，就是以陈培仁为榜样、为力量、为目标。

他的革命精神影响了当时黄练居仕村的少年潘荻风，他的形象在少年的心中刻骨铭心，潘荻风从小立下志愿：做人就要做陈培仁那样的人。后来，潘荻风加入广西学生军，参加抗日战争、解放战争，把自己一生都奉献给党和国家。在离休后，他组织麾下老兵们集资，办起了在贵港赫赫有名的培仁中学，以纪念、弘扬烈士精神。

烈士的生命是短暂的，但是他的精神却是永恒的。共和国不会忘记这位从覃塘壮乡走出来的革命英雄！

1924 年初冬，上海黄浦江畔，来自贵县的两名青年学生，在寒风细雨中一边散步一边畅谈理想。这两名学生就是陈培仁和罗尔纲。他们在贵县中学时是同学，后来又先后进入上海浦东中学攻读。这所由著名民主人士黄炎培先生创办的中学，是一所蜚声海内外的历史名校，享有

“北南开，南浦东”之盛誉，培养了中国现当代史上很多知名的历史人物。“左联”五烈士中的胡也频、殷夫，革命烈士邓拔奇、陈培仁，历史学家范文澜、罗尔纲，会计学家潘序伦、经济学家钱昌照，文学家闻一多等也都先后在此毕业。

来自贵港的两名青年学生，理想在这里放飞。一个后来成为中共贵县革命先驱，声振桂东南乃至全国，一个后来成为著名的太平天国史研究专家，严谨治学，著作等身。一武一文，成为贵县历史上引以为豪的两颗巨星。这两名有着共同理想的贵县学生，在求知求真理的路上共同鼓励，情同兄弟。1986 年，陈培仁烈士墓在覃塘大郭村建成，时已 85 岁高龄的罗尔纲先生饱含深情地撰写了碑记，其中写道：“哀我英烈，励我同行……伟哉俊杰，党史重名，永存表式，亮节长青。”

自古青年多才俊。1902 年，陈培仁出生于覃塘区覃塘镇西鱼垌村一个比较富裕的家庭。他从小勇敢机灵，为人耿直，志行高洁。在上海浦东中学读书时，陈培仁表现了杰出的组织能力。1925 年上半年，他与在北京的贵港籍青年谭寿林等同志，一起联系各地广西籍的进步青年，成立“新广西期成会”，呼吁为刷新政治而努力。这一年 5 月 15 日，上海日本纱厂工人顾正红被枪杀事件发生，由此掀起了著名的“五卅”运动。陈培仁与上海学生及其他群众参加党领导的反帝示威游行。他总是站在运动的前列，处处表现出不畏强暴、不畏牺牲的革命精神。

1925 年秋，陈培仁考入上海大学社会学系，这所大学是我党创办的第一所高等学校，他受到党的直接教育，进步更快。这一年，陈培仁加入了中国共产党，在他的生命史上掀开了新的一页。

1927 年 4 月，蒋介石发动“四一二”反革命政变，疯狂镇压工农运动，大肆捕杀我党员、团员及革命分子。受党组织安排，陈培仁回到贵县组织开展农运。在此期间，他还在正谷街（今三合村）发展姜绍文、黄彰入党，建立党支部。同时，积极与桂平、玉林地下党联系，筹运枪支弹药，准备武装起义。

为了更好地组织农民武装，1927 年秋，陈培仁改在覃塘排厚村作活动据点。这年冬，广州起义爆发，广西党组织积极酝酿组织暴动响应。广西特委从平南派常委苏其礼和军事干部黄光等同志来工作，该地区在发动群众、发展党组织和建立农民武装等方面都迅速发展。在陈培仁等的组织发动下，革命队伍不断发展壮大，当年冬，在排厚一带乡村发展了新党员黄永丰等十余名，先后建立了排厚、郭留、福龙、柳山四个村的党支部，全县已有党员三十多名，中共贵县首届县委随即成立，广西特委指派陈培仁为县委书记，成为中共贵县首任县委书记。

正当革命力量日益扩大，革命形势迅速发展的时候，由于坏人告密，1928 年 3 月 19 日晚，覃塘区的土霸局董周景贤率反动团队二百多人，连夜包围排厚村，妄图一网打尽在排厚村的地下革命人员。次日晨发觉被围时，已来不及转移。当时，陈培仁、苏其礼、余济卿、黄光等领导人都睡在县委机关黄九连家的矮楼上，敌人已经靠近门口了，情况十分危急，苏其礼即爬上屋顶，从屋檐跳下冲出与敌搏斗。陈培仁想到的首先是党的文件，他与黄光迅速把门顶牢，将党内机密文件全部烧毁，然后出来对付敌人。苏其礼在智夺敌枪支，毙伤数名敌兵后，由于寡不敌众，当场牺牲。陈培仁、黄光、黄永丰、黄炳仁、黄泽新等人被捕押送至县城。

一个星期后，陈培仁被杀害了。在解赴刑场时，他非常英勇，一路高呼口号。他说："有工人，有农民，就有共产党，共产党万岁！杀了一个共产党员，还有千千万万人参加共产党！共产党是杀不绝的，群众是会向国民党讨还血债的！血债要用血来还！打倒破坏三民主义的国民党，最后胜利属于共产党！"

"灵台无计逃神矢，风雨如磐暗故园。寄意寒星荃不察，我以我血荐轩辕。" 陈培仁把自己的一腔热血奉献给祖国，奉献给人民，激励着无数仁人志士前进。在陈培仁牺牲后，参加共产党、共青团的后继者一批又一批，党团组织不断壮大。陈培仁牺牲不久，中共广西特委的扩大会议就在贵县街上召开。革命者们并没有消沉，而是踏着先烈的血迹勇往直前。

寻找英雄的足迹
——潘氏祖祠

◎方 朗

坐落在覃塘区黄练镇居仕小学内的潘氏祖祠，不仅以其欧陆风情的建筑风格让人惊叹，更因其在革命战争年代英雄辈出的历史，而使得这座祖祠在岁月的风烟里，闪耀出璀璨的光芒和瑰丽的色彩。

潘氏祖祠始建于民国二十五年（1936年），由两栋砖瓦结构的二层小楼组成，坐南朝北，面积约600平方米。潘氏祖祠作为中国传统家族宗祠，并未采用岭南传统粤式风格的建筑样式，而是完全采用欧式风格，既有欧洲中世纪古堡的痕迹，又有文艺复兴时代的影子，同时也渗透着古希腊、古罗马及拜占庭风格的风韵。

潘氏祖祠已成为一个红色的记忆（张庆杰 摄）

这种颠覆国人传统建筑思维的祖祠，使得它在乡野村落中经久不息地散发出一种贵族般的气息。英雄辈出的历史以及世代传承的家风，更赋予它灵动的思想和厚实的内涵，在岁月的凝练中恒久弥坚。它不仅仅是每年春秋两季各地潘氏宗支汇聚于此进行朝拜祭祖仪式的场所，也不仅仅是村中重要的议事和文娱活动场所，更是一个红色的记忆，一个传统与现代教育的经典组合。

居仕村从明朝中叶由潘氏祖公迁址开基创业，至今500余年。革命战争年代，这里英雄辈出。从潘荻风青年时期参加抗日学生军，到潘仲初在日军进山抢劫时与日军哨兵英勇搏斗，再到潘运玖在邻乡梁村反围剿战中，用手榴弹向敌人冲锋、在六瓮桥伏击日军车辆，等等，这些经老人口口相传的故事，真实生动而又亲近，成为潘氏祖祠世代相传的精神财富。

潘氏祖祠内景（张庆杰摄）

居仕村具有深厚的革命土壤，使得星星之火在此燎原。在革命的道路上，居仕村的党员群众抛家别舍，前仆后继，追求真理，追求光明。有的甚至全家投身革命，如潘荻风，他的父辈、兄弟和妻子，都在革命道路上留下了深深的足迹。

潘荻风一家与革命烈士、中共地下党贵县第一任书记陈培仁一家有着深厚的渊源。潘荻风的祖父潘仁山与陈培仁的父亲陈泽南是结拜兄弟，父亲潘仁山与陈培仁是同学。恰同学少年，指点江山，激扬文字，他们相互影响，怀着远大的革命理想。1927 年，年仅 25 岁的陈培仁担任中共贵县地下党首任书记。在陈培仁的领导下，潘仁山在黄练地区进行反帝反封建斗争，组织农民协会并担任会长，开展减租减息运动。

潘荻风从小就接受革命思想的熏陶，父亲潘仁山经常向他讲起陈培仁的故事。在这个少年的心中，骑着高头大马来他家的陈培仁是那样的威风凛凛、气宇轩昂，他从小就立下志愿：做人就要做陈培仁那样的人。因而，1938 年在南宁读书时，19 岁的他就加入了广西学生军第三团，从事抗日宣传工作。

六瓮桥之战是居仕村在抗日战争中引以为豪的胜利。1944 年，日军为打通东南亚战略通道，大举进攻广西，广西第二次沦陷。广西地下党贯彻中央指示精神，号召开展敌后战争，提出了“以村为战”的方针。这时期，回到老家从事革命工作的潘荻风，以队长的身份，在黄练镇十多个村组织了由农民骨干组成的 200 多人的黄练地区抗日战斗队，以村为单位分成 10 多个抗日小分队，成为黄练峡到宾阳黎塘一带打击日军强有力的武装力量，和日军展开了大小 13 次战斗，狠狠打击了日本侵略者。

1944 年 12 月 7 日，居仕村抗日队在六瓮桥打了一场漂亮的伏击战。六瓮桥是贵县通往黎塘的公路交通要道。该桥在临近沦陷时就被居仕村

潘氏祖祠内景，这里曾做过大队办公场所（张庆杰摄）

群众破坏，日军来后，拆下村学校大梁，在六瓮桥旁搭起临时桥，以供其车辆通行。居仕村战斗队对日军架的临时桥破坏后又进行伪装，日军车辆通过时毫无察觉，翻下桥底。我抗日队立即奋起进攻。当时，只听得水声、枪声四起，敌人四处逃散。这场战役，抗日队当场击毙日军3人，并缴获一批军用物资。

抗日战争胜利后，全国人民希望和平、民主，休养生息。但是蒋介石却单方面撕毁重庆国共谈判签订的和平建国协议，进攻解放区，发动全面内战。在中国共产党的领导下，我军民进行了长达四年的解放战争。居仕村的党员群众，在这场战争中，再次作出了巨大贡献。

1946年春，受广西地下党党组织的安排，潘荻风回到贵县，在黄练、振南、樟木等地学校以校长的合法身份从事革命活动。1946年7、8月间，潘荻风离开学校，回到居仕村，准备贵宾边界武装斗争。

1947年10月间，宾阳特支书记张声震、梁寂溪来到贵宾边界，和潘荻风一起组织了“解放同志会”，潘荻风担任会长，发动群众，并恢复了以前的抗日武装。此后的六瓮桥伏击战、梁村战斗、莫思村反“围剿”之战、五山战役等，均表现出了潘荻风的卓越领导才能和居仕村群众的英勇斗争精神。

1947年12月20日下午，伪玉林区保安司令罗活有两辆汽车烟土开到新梁村，准备连夜运到玉林。得到情报后，潘荻风与张声震、梁寂溪研究后决定，在六瓮桥设伏，截断敌人的交通线。下午五时，敌人的小轿车接近路障，我方开始攻击，战斗打响。在强大的火力打击下，敌人弃车欲逃，两百米之后的敌人的大卡车企图上去营救，因我方火力密集，不敢动弹。潘荻风留下一个班作掩护，率其余战士迅速扑向小轿车。很快，我方就把缴获的战利品后扛上了镇龙山。这一仗打得很漂亮，只用了半个多小时。

群众的支持是我们党取得革命成功的动力和保障。1948年3月，潘荻风与其他三位战友被反动派包围在水泡村的上村，分别藏在一间茅房和小房间里。从天未亮到中午十二点，敌人集中全村所有群众拷问、殴打，盘查他们的下落。潘荻风与战友做了最坏打算：以少对多，奋力拼搏，“把最后一颗子弹留给自己”。但是群众掩护了我们的党员，任凭敌人使出任何手段，就是没有人当叛徒。在群众的冒死掩护下，潘荻风和战友躲过了这次最危险的包围。

为了人民的解放，潘荻风一家作出了巨大牺牲。当年，国民党反动派重兵镇压、追捕潘荻风等革命党人，其家被查封，离家避难。潘荻风的妻子韦焕顺和兄弟相继投奔革命。腥风血雨的岁月里，潘荻风的父亲潘仁山坚强不屈，破产支持革命，直至解放。父亲的这种民族大义和革命忠贞之情，激励着潘荻风，激励着居仕村的群众，激励着黄练镇的群众。在与敌人斗争的过程中，部队也逐渐壮大。起初，武工队只有 12 人，到后来发展到 840 多人。武工分队主力由营到团，并分为三个区，每个区一个营。这支武装部队在打击国民党反动派、解放贵县的战斗中作出了不可磨灭的贡献。

愿得光明照人间
——“红色交通站”明明书店

◎方 朗

读过名著《红岩》的人都知道《挺进报》，这是新中国成立前夕，由重庆地下党出版的一份进步刊物，揭露国民党反动派独裁统治，引导群众走向光明、走向自由。这份报纸当时在国统区波及面大，还影响到了重庆千里之外的广西，甚至在贵港市的边远乡镇东龙这个小镇上的一间书店里，可以秘密地看到《挺进报》，还有《新华日报》《瞭望》等进步刊物。

这家书店叫“明明书店”。看似平静的商铺，革命洪流涌动。这家书店不仅秘密宣传党的民主政策，销售民主书籍，还成为中共地下党的革命活动联络点，贵县和武宣两县游击队的“红色交通站”。

明明书店旧址（韦世策摄）

东龙镇，清民时代旧称“山东石龙”，与大圩、覃塘、桥圩并称贵县四大圩场。解放战争初期的东龙圩，因其三县交界的地理位置，商贸颇为兴盛。当时圩上已有 400 多户人家，商铺近百间。每逢圩期，附近来宾石牙、武宣通挽等地的群众云集至此，购买煤油、火柴等洋货，还有东龙自产的质地柔韧的棉布、凉爽的草鞋草席等。在一片熙熙攘攘的喧闹之中，东龙街正街二巷内，一位斯文的年轻人，在自家前座当街的外厅，用三张八仙桌拼排，摆摊卖书。群众管这位当教师的年轻人叫“卖书先生”，却很少知道他是一名中共地下党员。

这位“卖书先生”叫梅竹公，具有强烈的正义感和崇高的革命理想。他崇拜天国英雄石达开，写有缅怀石达开的诗句：“英雄出那帮，气宇何轩昂。羽翼真无愧，威名石敢当。忠贞怀典范，湖岛遗芬芳。蜀道非难矣，魂归览故乡。”新中国成立后他任贵县文化馆馆长、贵县太平天国史研究会会长，曾著有《翼王身世续考》一文，为著名的太史学家罗尔纲研究石达开身世提供了重要依据。

“明明书店”旧址在覃塘区东龙镇正街（时称山东乡北桥街）后段

地带。1927 年，梅竹公九岁时，父亲变卖了在东龙圩包粟行那间老屋和几亩地，所得的钱改买了这处坐东向西、单间两进有棚、砖瓦木结构的临街铺面。

购得铺面并入住后，梅竹公父亲的经营范围由原来的杂货、药品，增加了书籍文具和小百货。1932 年夏高小毕业后，梅竹公没有升学，就在店里做起了店员。他在抗战前那几年，一直被顾客称为“小老板”。

1937 年，父亲的商店亏本倒闭。同年冬，梅竹公由朋友介绍到圩边冠岭村作代课教员，后转任正式教员，教了两年书。1940 年初，经一位在乡公所任职教员的亲戚介绍，梅竹公到乡公所做财务员。这一年春，贵县战工团黄颜、江明彬率队到东龙宣传，他俩是梅竹公地下党的上级领导人，当时梅竹公入党已一年有余。他们带了一些进步书刊来推销，这些书都是从贵县进步书社抗建书社处转来的，有毛泽东的《论持久战》、《新民主主义论》，以及党刊《群众》和生活书店的出版物。梅竹公为了让其他朋友能买到书，便主动提出愿意替抗建书社做义务推销员，从此梅竹公和抗建书社建立了业务关系。

1946 年 1 月，葛彬文接任山东乡长，他要梅竹公到乡公所当文化股主任（即文教助理）。葛彬文和江明彬是武宣中学同学，抗日时期受党的影响，倾向共产党。他见梅竹公得回这批书刊，便建议梅竹公圩日在乡公所门前摆书摊。过了两个月，友人们有的人提议集股办一间书店，就以梅竹公家铺面为店址。于是由葛彬文、姚郁吾和梅竹公联名，发出征求入股信，很快得到 30 多人参加。股金每股二元，多认不限，入股的大部分是知识分子，也有小商人和小贩。第一次股友大会议定，书店没有专职人员，但要梅竹公当义务的“经理”，兼营文具、药品。平日多数是梅竹公一个人坐柜，星期天和圩日，附近有空的股友也自动来帮忙。在讨论店名时，各人先后提了几个，忽然一位股友说，明明是开书店，不如就叫“明明书店”，大家听了觉得此名别致，很快就通过了决议，于是挂起了白底红字黑框的玻璃招牌。

从那时起至 1949 年 2 月中旬梅竹公到游击区工作前止，两年半时间里，梅竹公均以商人的身份出现，因此，不了解书店集股内情的顾客，都叫梅竹公“老板”。这样，梅竹公利用书店作掩护，宣传党的进步书刊。

1947 年贵、武中秋起义前后，明明书店成了地下联络点，但具体负责接头与提供情报工作的，仅梅竹公一人，绝大部分股友均不知情。临起义前一两个月，家在武宣桐岭的江明彬把梅竹公的工作关系转交给家在通挽离东龙较近的韦敬礼领导。起义爆发后，梅竹公除了给游击队供应党的书刊、文具、药品外，还要负责了解敌军动态汇报给韦敬礼。1948 年，游击队整训，需要翻印学习文件如《湖南农民运动考察报告》《中国人民解放军宣言》等，梅竹公又增加了工作内容，利用晚上时间刻印装订。为了安全，这工作必须在晚九时以后进行，直至子夜。

1948 年初，梅竹公把店名改为“昌利号”，并对股友说明，因为不是专营书籍，换个普通店名实际些，股友的权益不变。那时民主书刊都是禁书，“昌利”和圩上另外两间有书卖的商店，从外表看没有什么区别，除了小学课本和《学生模范作文》《升学指导》之外，杂七杂八的小说、医卜星相之类的书，占了货架的大部。这正好掩护梅竹公做游击队的后勤和情报交通工作。

1949 年初，地下党在贵北各乡加紧发动群众“反三征”，对新任伪县长罗中天示威。当时解放战争三大战役接连大捷，解放大军正在准备渡江之战。地下党组织要梅竹公脱产到游击村工作，于是 2 月中旬，梅竹公便告别了明明书店，情报交通工作另由党员罗业成负责，书店业务由姚郁吾负责。

2013 年 5 月 27 日晚 7 点，明明书店旧址因年久失修倒塌。原木门已被广西文物部门作为革命文物保存。这座普通的民房，在革命战争年代，作为地下交通站，传播进步书籍，如一盏明灯，照亮人们前进的道路，成为一段值得永远铭记的历史。

晨光里的血色沙村

◎方 朗

2014年1月，贵港市人民医院96岁高龄的老党员任怀万在病危之际，嘱咐儿子把他多年来省吃俭用节约下来的一万元作为特殊党费交给党组织。他病逝后，家属遵照其遗愿，把这一万元交给了市人民医院党委。

这是一名共产党员对党的无限忠诚，这是一名军人戎马生涯铸就的博大情怀，这是一名耄耋老人丰彩人生的淡泊从容。用他的话说，能从硝烟战场枪林弹雨中活下来，并能看到今天中国日益走向强大，已是一种幸福，因为许多并肩作战的战友早已长眠青山，甚至有很多就是在解放胜利的曙光到来时牺牲的，还没来得及看着五星红旗在中国的大地上自由飘扬。比如与他一起参加南下解放战争的山西老乡，中国人民解放军45军133师397团的排长徐申，就是在沙村战斗中光荣牺牲的。

这是贵县解放前夕的一场激战。如果不是在这场战斗中牺牲，徐申或许也可以像任怀万一样，新中国成立后转业到贵港工作，参加建设一个新的中国，继续贡献火热的青春，直到享受天伦之乐。可是，这位当年参加过八路军抗日的山西战士，为了新中国的解放事业，跟随四野部队征战南下，在沙村战斗中献出了年轻的生命，忠魂留在壮乡。2007年1月3日，任怀万到樟木乡沙村为徐申立碑纪念时，念及峥嵘岁月战友深厚情谊，怆然泪下。

壮乡人民不会忘记，那场激烈的沙村战斗以及在这场战斗中牺牲的革命烈士。这场战斗是桂中支队在解放前夕，配合大军歼灭国民党残部的一次歼敌多、缴获大的战斗之一。

1949年12月2日，桂中支队廿九团主力解放樟木。下午两时许接到前哨侦查队员紧急情报，国民党桂中军政区王景宋残部，从来宾石牙方向窜逃入境，即将到达寺头村。

团领导马上进行歼敌部署：一营抢占东市场以西至巴凌一带高地，二营抢占东市场以东至黄岭一带高地。各营战士快速奔赴各自阵地。

敌先头部队已到寺村头，仗着其武器装备的优势，用迫击炮、轻重机枪向我军前哨阵地猛烈扫射，接着敌兵似疯狗般向我方扑来。我军斗志昂扬，居高临下，集中火力，从东西两侧向敌开火，使敌人处在背腹受击困境。我军猛烈炮火袭击，将敌人压退在东市场至百花庄（今古樟医院所在地）之间。此时敌后续部队赶上来了，见前进道路已被我军封锁，就以猛烈的炮火袭击我前沿阵地，继而用轻重机枪掩护，轮番向我阵地冲击。我军英勇奋战，几次打退了敌人的进攻。战斗相持至下午四时，我军战士韦老曲（昌猛）、覃乃到两位同志光荣牺牲，敌军弃尸十多具。

鉴于敌人拥有3000多兵马，装备优良，而我军只有800余人，装备简陋。在此形势下，团部权衡利弊，决定暂时撤退，以巡逻监视敌人动态，待机消灭敌人。敌乘机仓皇逃窜至距樟木圩10公里的沙村。敌人到沙村后立即与当地反动武装头子闭子祺、黄善延、韦杰才等勾结，

密谋策划扑灭我游击队，企图在樟木一带负隅顽抗，伺机夺路逃跑。

3日下午，我解放大军133师部队刚好到达樟木圩，桂中支队廿九团即将残敌在沙村的阴谋活动情况向大军报告，并共同做出配合作战部署。

4日清晨，大军133师与桂中支队廿九团一营主力封锁樟木至沙村北线，消灭可能来犯的地方反动武装，大军部队与我二营向沙村挺进。当我军越过长塘峡，逼近沙村时，被埋伏在山口的敌人机枪扫射，133师两名战士不幸中弹牺牲。我大军立即展开队形，抢占制高点，详察地形敌情。只见沙村三面高山环抱，东西只有一条通往樟木约一公里的狭长村路。村边有几棵大榕树，敌人在树下筑起临时碉堡，有两挺机枪把守。西南面有道关口，可通大村、黎塘。村前则是一片较阔而长的田垌，进可攻退可守。我军占领制高点，侦查了敌人的火力布置后，随即部署重兵包围沙村外围，突破村边的敌防线，并封锁西南面的关口，截断敌军逃跑的去路。部署就绪，我军前沿阵地首先向敌高声呼喊，敦促敌军无条件投降。敌军“哒、哒”地打出机枪向我军示威，我军还是耐心劝降：“缴枪不杀，优待俘虏”，“顽强到底死路一条”。然而敌方仍冥顽不化，继续负隅顽抗，我军只好用武力解决。

一声令下，前沿阵地的大军战士，在东边的制高点掩护下，冲锋突进，可是却遭到村边榕树下的敌碉堡机枪疯狂扫射，封锁我军前进去路，南面半山腰的敌人阵地也同时用机枪向我军打过来，一时战斗无比猛烈。眼看我方几名战士倒下，在这严峻时刻，前沿指战员果断决定，快速炸掉敌军村边的碉堡和山腰上的机枪阵地。于是前沿战士迅速抱着炸药包，在火力的掩护下，飞步前进到敌人的暗堡。霎时，一声轰隆巨响，敌人的碉堡掀翻了，机枪哑了。与此同时，我军炮兵也及时毁掉了南边山腰上的机枪阵地。拔掉了敌人从正面和侧面的火力威胁之后，我军随即不失时机地对敌人进行全面突击，展开了激烈的战斗。敌人支持不住，溃退入村内，敌我双方又展开了一场巷战。刹那间，步枪、机枪声不断，手榴弹轰隆隆地爆炸，震天动地，砖飞瓦扬，打得敌军在屋前村外死伤遍地，血肉横飞。

2007 年 1 月 3 日，任怀万到樟木乡沙村为在沙村战斗中光荣牺牲的战友徐申立碑纪念（张庆杰 摄）

敌军前沿阵地被我军摧毁后，他们失去了支撑点和统一指挥的阵地，心惊胆战，慌了手脚，企图夺路逃跑。但他们哪里知道，我军的骑兵大队在双方巷战的当儿，早已冲向沙村西南关口的封锁线，截断通往黎塘的去路，我军部分重兵也同时截断了西北面的路口。当敌人慌不择路向西北方向关口逃窜时，便遭到我军重兵截击。他们似瓮中之鳖，寸步难行。敌军官兵乱作一团。有的掉下武器，趁机逃亡。不少军太太拖儿带女，哭哭啼啼要求饶命，战场上到处是丢弃的军事物资和大包小包的行李。其时，我军包围圈越缩越小，敌人走投无路。敌酋王景宋、郭伯光如丧考妣，只好示出白旗，下令吹号投降，列队向我军缴枪。

这场战斗经历两个多小时，敌兵除少数逃散外，均被歼灭、俘虏。计俘敌中将司令王景宋、师长郭伯光及其下属官兵共计 900 多人；打死打伤敌官兵 300 余人；缴获轻重机枪 20 多挺，步枪 1000 多支，弹药 200 箱，手榴弹 100 箱和通信器材（包括电台一部）及军需物资一大批。这一场战斗，我解放大军有 20 多位同志光荣牺牲。革命的人民将永远怀念他们。

长岭村有个胜利节

◎方 朗

在中国革命史上，中国工农红军经历了五次反“围剿”，最终取得了长征的伟大胜利。在覃塘区东龙镇长岭村，中国共产党领导下的长岭村游击队，也经历了四次反“围剿”战争，最终打败了国民党反动派，迎来了解放。

长岭村位于东龙西北边沿地带，北边、西边与来宾市兴宾区、武宣县交界。这个独特的地理位置，决定了长岭村成为当年桂中游击队革命活跃的地带。在中国共产党的领导下，地下党员梁宁、韦绍有、韦世汉等人积极开展革命活动，成立地下游击队，革命的烈火越烧越旺，长岭村成为贵北游击区的根据地之一。

国民党反动派对长岭村的革命人民恨之入骨，把长岭村视为眼中钉、肉中刺，欲除之而

长岭村革命烈士纪念亭（韦世策摄）

后快。从1946年到1949年，曾三番四次对长岭村进行“围剿”，实行“三光”政策，妄图扑灭长岭村的熊熊革命烈火。面对穷凶极恶的敌人，长岭村人民毫不畏惧，紧密地配合游击队，奋起抗击，先后三次粉碎了敌人的“围剿”。

1949年冬，全国解放战争形势一片大好，解放军已由湖南挺进广西，广西的解放已指日可待。游击队加紧扩大队伍迎接解放，村民们翘首以待光明的到来。

突然，腥风血雨，犹如黎明前的黑暗，一场严酷的决战到来了。

1949年11月13日，即农历九月二十三日，贵县反动当局又一次调集重兵，对长岭村进行更加疯狂的“围剿”。这一次敌人出动兵力共600多人，比任何一次都多。贵县反动当局自卫大队长梁遇，伙同樟木区长叶苍玲和地主反动武装联合，连夜急行军直逼长岭村，对长岭村形成三面包围，妄图一举扑灭长岭村游击根据地。

很多村民从梦中惊醒，转移已不可能。在敌人的铜墙铁壁包围之下，

生命岌岌可危，只要一阵火力集中扫射，村庄便夷为平地。人们似乎闻到了血腥的气息，妇女儿童更是极度惊慌，放声大哭。

在这危急关头，我桂中支队二十九大队只有 40 多人驻在村里。这 40 多人无疑成为群众的主心骨。

面对敌人的重兵包围，我游击队领导韦布煜、韦世汶、廖鸿亮、韦祝英、韦绍伯等临危不惧。大家迅速商量好对策，决定由韦祝英率领一个分队迅速登上村西潭头山制高点，控制西南面来犯之敌；韦世汶、韦绍秉指挥一个分队和部分民兵封锁村前及村南，阻击正面之敌；廖鸿亮和韦世藩率一分队和部分民兵奔往墓坪岭及潭当一带，迎击东北面来犯之敌；韦绍伯、梁岳英、韦德人等分片动员指挥全村民兵上阵。在此同时，派人飞报轩村及樟木芭苗游击队，迅速派兵前来支援，为反“围剿”作好歼敌准备。

天刚破亮，敌人开始进攻了，霎时间枪声响成一片。敌人飞奔潭头岭，企图抢占制高点，控制整个长岭村。敌人以强大的火力作掩护，拼命争占山顶。他们哪里知道，我军英勇战士早已占领山顶，正在居高临

每年的农历九月二十三日，长岭村都举行各种活动，隆重庆祝“胜利节”（韦世策摄）

下严阵以待。随着韦祝英“打”的一声令下，我军集中火力向敌人发射出一串串子弹，大有横扫千军如席卷之势。待敌人回过神来，已倒下三具尸体。敌人完全没有想到我军早有防范，一下子惊慌失措，连滚带爬滚下山脚，龟缩到山沟的杂草中去。战场上呈现出短暂的平静。

在短暂的“冷战”时间内，我方就意识到敌人很可能来一次全面进攻，企图从中打出一个缺口。于是我军重新调整兵力。果然不出所料，敌人发出冲锋号令，全线反扑开始了。我方全体军民沉着应战，敌人一抬头，射他一枪，敌人冲上两个，撂倒他一双。敌人不能前进半步。双方相持间，敌人每次冲锋都被我方一一击退，梁遇束手无策。

中午，从东龙来了100多敌援军，与梁遇部队会合。梁遇作了部署，认为墓坪岭较低，处在他正面和右侧阵地火力之下，满以为可以突破。于是他把全部援军调来加强这两个阵地，并从南线抽调部分兵力及轻、重机枪到东线来配合，采取声东击西的战术，命令南线敌军向潭头山再次发起冲锋，东北线的敌兵全然不动。

敌人的阴谋诡计早被我方识破，并采取了相应的措施，使潭头山阵地稳如泰山。

墓坪岭阵地在廖鸿亮的指挥下，坚如铜墙铁壁。韦世藩指挥的突击队势如猛虎，韦德人领导的队伍快如闪电，从桐木冲迂回攻击，敌人溃不成军，狼狈不堪。

梁遇恼羞成怒，命令敌军集中火力向墓坪岭我军阵地猛烈开火。刹那间，雷雨般的枪声及子弹呼啸声，伴随着敌人的狂叫声，震耳欲聋，我军阵地上火烟滚滚，树木几乎被敌人火力扫光。梁遇以为唾手可得，于是发起第二次进攻。就在敌人蠢蠢欲动之际，我军领导向炮组下达命令：“开炮。”轰隆隆，两发炮弹准确地分别落在敌指挥所和重机枪阵地，敌人的重机枪哑了，指挥所也乱了。加上我军机枪封锁敌人前进的道路，敌人的攻势又一次被打败了。

接着，我方又调整部署，轻机枪手飞快移动至村南，向南线之敌开火。钢炮也朝南线敌轻机阵地及指挥所开炮，又是轰隆隆几发炮弹，敌

机枪手报销了。敌指挥官慌了手脚。

正在这时，支援军从轩村赶来，我军如虎添翼。我援军登上新村后背山，即向敌人开火，敌人南线兵力既薄弱，又受到两面夹击，随时有被消灭的可能。梁遇得到消息后，立即下令东北线的部分敌兵转到南线支援。当敌援兵路经村对面山的山脚时，又被我军埋伏在村南果园的猛烈火力狙击，无法前进。

梁遇眼见次次冲锋受挫，处处碰壁，气急败坏，暴跳如雷，丢开头上的帽盔，声嘶力竭地指着我军阵地嚎叫："机枪掩护，步兵集中火力给我冲锋，摧毁这个火力点，谁后退就毙谁，立功重奖！"

敌人在机枪掩护下蜂拥而来，形势紧急。在千钧一发之际，我突击分队正好赶到，军威大振，战士们越战越勇。敌军前被阻，后受迫，处在进退维谷的狼狈境地。早已隐蔽在果园围墙内的我炮兵组，瞄准目标，又连放几炮，敌人的机枪全哑了。退到田垌中间的敌兵，全部都伏在泥泞中，不敢动弹。梁遇慌乱中，无可奈何，只好哭着脸对叶苍玲说："整顿队伍，快快冲出……撤退！"

我方乘胜全线出击。敌人吓破了胆，狼狈地抬走被击毙的 19 具尸体，虚张声势地用机枪壮胆，乘夜幕降临，逃之夭夭了。经过一天的激烈战斗，我军毙敌 19 人，伤敌数十人，我方无一伤亡。我军以大智大勇，取得了第四次也是最后一次反"围剿"的胜利，为长岭村的解放斗争增添了光辉的一页。

在反"围剿"取得胜利的当晚，老游击队员韦辅轩流着热泪向人们高呼："没有九月二十三日的反围剿胜利，就没有我们的今天。"他提议把这一天定为纪念日，让子孙后代都知道。于是便有了这个一直让长岭村引以为豪的胜利节并延续至今。每年的农历九月二十三日，长岭村全村上下，老老少少身穿节日盛装，敲锣打鼓，欢呼雀跃，载歌载舞，隆重庆祝"胜利节"。

第六章

茶藕飘香的浓情之约

映日荷花别样红

◎韦宁清

入夏，走在覃塘的田间，满目是清水涟涟，莲叶田田，荷红尖尖，蜻蜓轻摇，哦，荷乡已经美丽成一幅水彩画。你看碧绿丛中半开半掩的荷花红粉佳人般含羞似嗔。倚立潋滟的水中，犹如颔首微笑的翩翩仙子，七色彩霞里，手搭凉棚，遥望百亩荷田，总让我久久地梦魂飞腾。

莲，自古天之骄子。传说阴历六月二十四为荷花的生日，荷花因而又有“六月花神”的雅号，凌波仙子，亭亭玉立，清丽而脱俗。白的素洁淡雅，红的艳而不妖，粉的娇而不媚，如此脱俗不凡。正如李白的诗句“清水出芙蓉，

荷美覃塘（黄秀成摄）

天然去雕饰”。覃塘的水，尤其莲花山脉千山万弄缓缓流来的山溪水，涵养着覃塘天然的肌肤，浸渍着覃塘千古的傲骨。濯清涟，美得娇艳欲滴。饮甘露，天生人间骄子。独立荷塘边，风吹过，荷花轻摇曼舞，香气缥缈，悦目爽心，总有一种奇妙的感觉。“出淤泥而不染，濯清涟而不妖”“香远益清，亭亭净植”“可以远视不可亵玩”。宋时周敦颐把莲的精妙之处都写绝了：高洁、圣雅、祥和、宁静。

然而，我观绿野之荷，生长于百姓的田陌之中。晨光熹微，红男绿女，田间地角，或轻哼乡间小调，或荷担挑起彩色晨光，让我想到了唐代王昌龄的《采莲曲》：“荷叶罗裙一色裁，芙蓉向脸两边开。乱入池中看不见，闻歌始觉有人来”。水中之荷观之赏之，荷边的人唱之吟之。人在荷塘，荷在歌舞，这是一个怎样的景致啊。

荷美人更美（黄镇修摄）

你看河边村边满是荷，无风时，静如小家碧玉，挨挨挤挤，娴娴雅雅，叶容温润，宛如壮家自信质朴的小阿妹。起风时，动如舞女长袖妙曼，腰肢轻柔，莲步摇曳，一颦一笑一俯一仰蕴含几多风情。含苞待放的荷蕾，如红唇欲启，娇艳妩媚，羞羞答答，不用说话，单单那一袭的粉红就够你一生品读。覃塘，唐宋时就满地深潭，到处荷香，夕阳之下，荡起轻舟，纤纤素手，或采朵红莲，放到鼻下，让清香沁入肺腑；或折枝莲叶，且做华伞，遮住骄阳，浅斟慢饮，聊解少女春愁，让人神回宋朝李清照的《如梦令·常记溪亭日暮》："常记溪亭日暮，沉醉不知归路。兴尽晚回舟，误入藕花深处。争渡，争渡，惊起一滩鸥鹭"。少女时代的李清照，傍晚，或许还落满了彩霞，溪水清清，古亭幽雅，几个顽皮少女，几杯美酒穿肠过，脸挂桃花，春心摇曳，诗兴尽发，混混沌沌，迷迷蒙蒙，不曾想竟把小舟摇到了密不见天的荷花丛中，这下子，少女们惊呆了，尖声惊叫"怎么渡，怎么渡——"，吓得满滩的鸥鸟、白鹭，忽剌剌地飞起。李清照就是李清照，几句诗把少女贪玩爱闹的生活写活了，浪漫的夏季，浪漫的生活，荷花，鸥鹭，美少女，大自然与人类相融相谐，鸟惊人惊，多么富有生活情趣。

荷花，她圣洁，她美丽。看荷花，仿佛看见菩萨端坐莲心，双手合十，普度众生，向善，向善！历尽污浊，荡清波，夏日蒸腾，暑雨淋漓，一生清香，虚怀以待，这就是你荷花外美内秀的君子情怀。每一次赏荷心灵都得到净化，每一次凝眸荷花，贪婪和欲望会消散在荷香迷蒙之中，美好和洁净总会弥漫心胸。

荷，善解人意。花可养颜美容。叶可以熬粥，清心肺，还可以包糯米，或肉，或鸡焖炖，细细品尝，口齿留香。莲子炖肉炖鸡，滋养玉体；莲藕煲汤，清蒸，鲜美可口；莲心甘苦，泡茶可清心火。

走进贵港，走进覃塘，走近荷塘，你就会看到一望无际的荷叶，有的尖尖如一支支利剑，刚刚冒出水面，直指蓝天；有的叶子出水很高，像亭亭的舞女的裙；有的叶子就浮在水面上，顽皮的青蛙正在这绿色的

美丽荷家（卢建军摄）

舞台上面引吭高歌，歌唱美丽的清凉世界；高高低低，错落有致，有展未展的，挨挨挤挤，亲密无间，就如我们覃塘人，壮汉一家亲。

贵港人把荷花奉为市花，以荷为志。从平南到桂平，从樟木壮乡到桥圩客家，有田就有荷，贵港人民深得古今尚荷之风，以荷警策自己，吾生于滚滚红尘，应似荷深入污泥仍洁身自好，混迹于熙熙攘攘的世界，一定要有一颗清净淡泊之心，为民不图小利，为官高雅清廉，高风亮节，清风扶摇，天地清香。

“毕竟西湖六月中，风光不与四时同。接天莲叶无穷碧，映日荷花别样红”。拿南宋杨万里的诗句来形容今天覃塘美丽的荷花再贴切不过了。六月的覃塘，极目远眺，无边无际的莲海，你可以看到覃塘生机勃勃改革热潮；高楼林立，路平巷子清洁，风光这边独好；高铁飞跃，歌舞升平，覃塘人民的好日子也别样红。

记忆萦回在舌尖上

——美味覃塘一条街

◎谢珊梅

相信有许多游客经过黎塘火车站的时候，总会有这样的体验：站台的工作人员推的餐车上总有热气腾腾的莲藕汤，游客们则是争先恐后地花五元钱来上一碗（因为是中转站，停车时间总会有十几分钟）。汤鲜甜，藕粉嫩，让你吃了之后还不忘和周围的人夸赞：覃塘莲藕，杠杠的！使没有尝过的人跃跃欲试，只是列车不等人。想吃的只得等到下一次路过覃塘的机会。

而那些驾车经过覃塘的人，则口福不浅了。在高速路未通之前，324国道是沟通大西南与粤港澳的主要通道，每天车水马龙、商客如云，几乎都会选择覃塘作为吃饭的落脚点。因为，

这里有覃塘莲藕、白切鸡、焖猪脚、蒸鲶鱼等美味菜肴，令人一吃就念念不忘，一有机会还想再来。

覃塘莲藕有一个美丽的传说：相传在古时候，贵县（今贵港）有一个望不尽边的池塘，塘中恶龙兴风作浪，乡民苦不堪言。农历六月六日这一天，荷花仙子下凡除害，在池塘广种荷莲，成功将恶龙引出并制服。酣战之中，荷花仙子也受了重伤，鲜血滴入池塘之中。不久，池塘里的莲藕就变得浑身紫色。覃塘一带的乡民，至今还沿袭着用六蒸糕供奉荷花仙子的习俗。

覃塘莲藕已有一千多年历史，位于松柏山下的六燕屯，良田百顷，土深泥肥，水质清爽，富含对人体有益的矿物质，其出产的大红莲藕是覃塘莲藕的代表，因其味道清香、口感粉酥而名扬区内外，可谓“藕中之王”。

覃塘莲藕作为地方美食已流芳千年，历史上的记录比比皆是。从光

世界最大莲藕饼（黄秀成摄）

覃塘莲藕大丰收（杨笑颂摄）

绪《贵县志》、民国《贵县志》到当代的《贵港市志》，提及的本地物产多以藕为首。《广西年鉴》记载：“贵县产藕，用以制藕粉，远销各地，为馈赠佳品。”宋代陆游旅居浔州桂平时，吟写一首有覃塘莲藕的绝句，诗云：“名园中有十顷池，一钱不用君得之。菱荷枯折小鸭睡，绝谢红妆青盖时。”著名历史学家罗尔纲在北京求学时，师从胡适，时常带上家乡特产藕粉，深受胡适喜爱。覃塘莲藕也因罗尔纲的推崇而为国人所知。

怎么才能把覃塘莲藕的粉绵美味发挥到极致？在覃塘人看来，能够引出莲藕的清香，又可感受莲藕粉绵的口感，还能保持丰富营养的吃法，

当属莲藕肉骨汤。在覃塘镇上，每间饭店都有这样的习惯：在鲜藕上市季节，每天煲煮一锅老火莲藕骨头汤。选用上等的新鲜猪筒骨和沙骨，莲藕也必选早上挖采的，用文火煲煮三四个小时。

凡是来贵港出差的朋友，都会对莲藕肉骨汤有着深刻的印象。覃塘路边的饭店很小，通常都是一家人自己经营，菜色也都是很普通的家常菜，但服务态度和质量绝对让你觉得很舒心，像回到自己家一样。如果你是第一次进覃塘饭店，问店家哪个是招牌菜，店家就会毫不犹豫地说，我们这儿，莲藕就是招牌。自豪之意溢于言表。于是不多久，一道热气腾腾的莲藕肉骨汤就送到你面前，味道鲜嫩无比，往往让桌上的客人吃了一碗还要一碗，不一会儿，汤盆就见底了。莲藕肉骨汤最特别的地方在于，上汤之前，都会撒上一把葱叶。葱叶在沸腾的汤面瞬间即熟，特有辛香挥发出来，交混莲藕筒骨汤的味道，迸发出浓郁而又诱人的鲜香。夹上一块鲜藕，牙齿触及莲藕的肌理，用舌头轻压，可以体会到藕块又绵又粉的口感，胃口大开。

既粉又绵是覃塘莲藕的特点，因此在覃塘吃莲藕有一个有趣的现象：席间常可见有人一口咬着藕块，拉伸着藕块之间的藕丝，如藕丝长拉不断，还得站立离座。看者不要以为这是不雅之举，其实，这是同桌的食客在比谁吃的莲藕藕丝能拉得更长，藕丝拉得越长，就意味着鲜藕够粉、够绵，谁吃到谁运气就好。

覃塘大红莲藕粉是贵港传统美食之一，不仅当地人喜欢，还畅销全国各地，甚至出口到国外市场。它能消食止泻，开胃清热，滋补养性，预防内出血，是妇孺童妪、体弱多病者上好的流质食品和滋补佳珍，在清咸丰年间，就被

覃塘美食——猪骨莲藕汤（卢建军摄）

钦定为御膳贡品了。

据地方资料记载，覃塘大红藕粉的制作也有上千年历史，在清末民初就美名远扬。制作藕粉，要先把刚刚挖出的莲藕冲洗干净，把藕身晾干后，在特别的磨钵里磨成粉状。也可把藕节除去，置于打浆机或石臼中捣碎，再加清水用石磨磨成嫩浆，这样制浆效率高，但是质量不如手工操作的好。粉浆加工好后，要装入洁净的布袋中放到水缸内不断搓洗拍打，使淀粉从布眼渗出，直至滤出液体为清水止。淀粉在水中还要漂一天，等待沉淀下来，再把浮在水面的细藕渣撇掉。这样的过程要重复两三次，最后才把粉浆装入布袋内，吊起来把水分沥干。最后就是把藕粉团捏碎晒干。不论手工还是机器操作，有一个原则是必须坚持的：那就是白天能制作多少粉，就挖多少藕，莲藕要当天用完，绝不过夜。

对于贵港本地人来说，吃上粉嫩的覃塘莲藕不是难事，但对于外地人来说，就不那么容易了。因为莲藕离开藕塘两三天，即会发黑，口感也会由粉变脆。不过，如今藕农发明了一种经济又实惠的保鲜方法，让覃塘莲藕卖到了千里之外的北方市场。

这种特殊的保鲜方法是什么？不是给莲藕包上保鲜膜，也不是泡上保鲜药水。藕农将鲜莲藕挖出来之后，都有一个细小的动作——把黑乎乎的塘泥小心翼翼地往莲藕身上涂抹均匀，然后装袋，再入纸箱打包。裹着黑泥卖莲藕，已经成了覃塘莲藕的一大特色。

这样的藕在当地被叫作“原装藕”，可将保鲜期由两天增至四五天。现在，这种原装藕通过航空和高速公路，已经杀进不少外地市场。在广州、北京等大城市的超市和农贸市场，当地市民都能买到粉嫩新鲜的覃塘莲藕。

据了解，目前，覃塘莲藕种植面积 3340 公顷，分布于区内各乡镇，其中以覃塘镇种植面积最大。2013 年，覃塘全区莲藕产量为 11 万吨，产值为 4.11 亿元。覃塘莲藕生产基地采取“公司 + 基地 + 农户”的经营模式，在栽培、销售、加工等各环节严格把关，带动周边 8500 户农户共同致富，推动了覃塘区农村经济的发展，同时，从整体上提升了产

品质量和品牌价值。经过覃塘区委、区政府的不懈努力，覃塘莲藕于2014年11月获得国家农产品地理标志认证。“覃塘莲藕”终于成为家喻户晓的响当当的品牌。

2015年3月13日，央视财经频道做了一期名为“春天的味道：广西贵港——覃塘莲藕热销　藕农挖藕忙”的节目，详细介绍了覃塘莲藕。糊着泥巴闯市场的覃塘鲜莲藕，知名度越来越高，以后不仅会走得更远，价格也会卖得更高。

覃塘美食一条街上的白切土鸡，是当地黄皮嫩肉的大阉鸡，配上装着浓香花生油、酥香花生米和微辛的姜片、葱花、香菜的味碟，将大块鸡肉醮上酱料，往嘴里一送，叭吱！香汗四溢的肉味，就别提有多美了！再就是焖猪脚，猪脚先用油炸过，切得块头大大的，肉焖得异常绵软可口，稍一用力，便会骨肉分离，往往是食客的必点之菜。鲶鱼可以清蒸，也可以和豆腐共焖，无论怎么做，都清香可口，不会像某些地方的鲶鱼惯常所带的泥味……

正是这些家常菜般的地方美食，吸引着无数东去西来的食客，成就了覃塘美食一条街的美名。

乡下人的劲舞与欢歌

——大放异彩的“荷家体验”

◎谢珊梅

覃塘荷花清新脱俗，莲藕粉甜鲜美，在民间早就沉淀了非常浓厚的“荷文化”氛围。

从 2014 年开始，对于覃塘人来说，7 月里又多了一个特殊而又喜庆的节日——“荷家体验”活动，也是覃塘人的“荷花节”。此时，荷花观赏景点将对外开放。“荷花节”期间，景区里人山人海，热闹非凡。

如果你是从家里坐班车到景点的，一上车就会发现满满一车的人几乎都是去“荷花节”看热闹的。有年轻甜蜜的小情侣，有温馨的一家三口，甚至还有头发花白的老爷爷豪气地对他那些同样两鬓斑白的同伴说，“荷花节”是在我女儿嫁过去的那地方举行的，是亲家，这车费我出了！车上的氛围顿时欢乐起来。

荷田抓泥鳅（黄秀成摄）

仿佛过年逛灯会般，远远地你就会看到张灯结彩的“荷花淀”，还有那人头攒动的潮流。售票员说，过不去了过不去了，你们就在这儿下吧。于是你只能下车，大伙儿浩浩荡荡随着人流往前走。景区是不允许车辆出入的，只有漫步其间，你才能体会它所沉淀的文化与内涵。

人们穿着五彩斑斓的新衣，尤其是年轻的姑娘们，身着美丽的波西米亚长裙，头戴缠有丝带的大草帽，裙裾随风飘扬，更是一道亮丽的风景线。

行走在古香古色的荷花栈道上，伴着三五好友，虽然太阳的热情有些过了，但是也绝不会影响你观赏荷花的心情。一路上你会碰到扛着单反寻求美好画面的摄影师，你会看到孩子们在栈道上打闹穿梭，就像是上帝派来的小天使，你还会听到民间诗人忍不住的诗兴大发：“接天莲叶无穷碧，映日荷花别样红。美哉美哉！”自然，也少不了具有商业头脑的婚纱摄影机构，趁着“荷花节”，估计能赚上一大笔。

“荷花节”不只是欣赏荷花这么单调。在现场，还有很多种类的覃

祥龙起舞（周开强摄）

塘特色小吃供游客们享用，比如莲藕饼、荷花茶、荷叶茶、莲藕汤等。光吃的还是不够，在景区里，还设计有抓泥鳅、小型漂流等竞技活动环节，开幕式那三天还有精彩的舞狮节目。带小孩的游客不用担心孩子会觉得无聊，相反，有好吃的、好玩的，还有好看的。孩子们都会乐不思蜀。

景区的后勤保障更是为人们所津津乐道。先不说干净的公共卫生间，更主要的是在任何一个休息点，你都可以享用免费的荷叶茶和玉米粥。提供粥水的阿姨都是村子里的，她们十分慈祥以及热情。问阿姨辛苦劳动一天薪酬是多少，阿姨乐呵呵答道，我们给政府帮忙，义务的！如果你走累了，就近走进一户人家，主人便会捧上解渴的冰西瓜，还有他们为了庆祝“荷花节”而做的糍粑。试问，有哪个景区的服务如此贴心和热情？

“荷花节”的晚上，同样热闹非凡。夜晚的平田屯灯火辉煌，道路两旁彩灯熠熠，行人如织，大家都赶着去看“荷花节”晚会。

晚会在龙凤村平田屯、姚山村群山屯交界处的湖心岛搭起舞台，观

众在福龙江的岸边观看演出，非常有意思。整台晚会的舞美高端大气上档次，节目精彩纷呈。当福龙江畔响起嘹亮的歌声，覃塘区举办的“荷家体验在覃塘”文艺晚会正式拉开帷幕，诗朗诵、壮族歌舞、车技表演、男女声独唱、壮话山歌、乐器演奏、师公戏、粤曲小调、乐队等轮番上演。相信看过晚会的朋友，一定对歌伴舞《荷城梦》印象深刻，那一群美丽婀娜的青年演员手持荷花翩翩起舞，仿佛荷中仙子，摇曳多姿。

清幽的福龙江畔，草地平坦，溪水清澈，环境优美，加上荷花竞相开放，炎炎夏日来这里感受荷花之美、农家之乐、田园之静，休闲避暑，户外宿营，实乃一大乐事。青年游客们在江畔支起帐篷，点燃篝火，唱歌跳舞，好不活泼快乐。

最有意思的是，在七夕节，景区还举办“相约七夕”相亲活动和浪漫的集体婚礼。单身青年男女们在这一天，在荷花的映衬之下相互认识，联谊做游戏，最后还有几对结成佳偶。而新郎新娘们则在自己的亲友和众多游客的见证下走进婚姻的殿堂。婚礼现场布置得温馨浪漫，礼花、

这边风景独好（覃长佳摄）

香槟一样不少。前来观礼的游客们纷纷拿出手中的相机，记录这美丽的一刻。

覃塘的“荷文化”不只是体现在“荷花节”。2015 年春，覃塘区还在市区新世纪广场举办了“莲藕里的覃塘”荷文化摄影展和文艺表演，让市民在视觉和听觉上欣赏了一场特别的“荷文化”文艺大餐。

在活动现场，最激动人心的应该是创造了“吉尼斯世界纪录”的“巨无霸”莲藕饼。这天下第一大莲藕饼是由大西园食庄的厨师烹制的，吸引众多市民围观。只见大锅炉上铺了一层荷叶，六七名工作人员一起将调制好的食材放进锅内摊平摊匀，然后盖锅盖并用湿毛巾锁住盖子接口处的水汽。据介绍，这个莲藕饼直径 3 米，用猪肉 200 斤、莲藕 200 斤，蒸熟后重量达 300 多斤。莲藕饼制成之后，则是市民们大快朵颐的时候。“排队排了近两个小时，终于吃到了！味道不错，口感滑润，比自己在家做的好吃多了。”大家连连称赞好吃。

七月，荷美覃塘和你有一个约会。

缕缕茶香醉五洲
——一饮难忘的覃塘茶

◎潘大林

茶叶是中国特产，南方各省区均盛产名茶。

当茶叶首度传到西洋之际，欧洲人被这种小小的叶子迷住了，将它誉为神奇的树叶，奉为上流社会的名贵饮品。

在中国，茶叶却是妇孺皆知的最普通不过的东西，从魏晋滥觞，到唐而盛，进入寻常百姓之家，白居易的《两碗茶》就写尽了茶与日常生活的重要况味："食罢一觉睡，起来两碗茶。举头看日影，已复西南斜。乐人惜日促，忧人厌年赊。无忧无乐者，长短任生涯。"到宋代，饮茶登峰造极，陆羽的《茶经》便成了茶文化的集大成者。

覃塘区也有茶，并且是声誉响于一方的名茶，大名就叫覃塘茶。覃塘地处北回归线附近，

茶园春色（黄世邦摄）

日照充足，气候温和，土山逶迤，雨水调匀——所有这些，都是出产好茶叶必不可少的自然条件。

覃塘镇平天山周边的山，大多在千米左右，山上的紫页岩风化土肥沃疏松且深厚，天晴时阳光灿烂，日照充足，天阴时云雾缭绕，漫射光多，加上昼夜温差明显，溪水潺潺，空气湿润。都说高山云雾出名茶，其实山不在高，只要有合适的土壤环境和雨露滋润，这就足够了。

当然，有了好山好水，还得有热爱茶叶的有心人，才能将茶文化发扬光大，做出好茶来。查考覃塘人种茶喝茶的历史，应该很有些时日，但从目前能找到的记载看，覃塘茶真正扬名立万的日子，是在 1982 年，那一年，覃塘毛尖被评为全国名茶第二名。毛尖茶条索匀称，白毫显露，汤色碧绿清澈，气味清醇甘美，余香悠长。那些国家级的品茶专家此前都很少听说过这种茶，但从茶汤入口的那一刻起，茶香立刻就俘虏了他们的味蕾，让他们为覃塘毛尖投下了公正的一票。此后，覃塘毛尖又多次在全国评比中胜出，美名传遍大江南北，定下了它全国名茶的身份。

其实早从1971年开始，覃塘供销社即开始在松柏山茶场引进了当时的名茶——福建的福鼎大白茶茶种，经过两年的努力，产出了以“毛尖”命名的覃塘茶，开始在广西崭露头角，1973年被评为广西名茶。此后，于1978至1982年间，又连续三次在广西名茶评比中夺魁。1982至1990年间，覃塘毛尖获得6次广西区优名茶、3次国家部优名茶称号。它就像一位矢志科举的士子，悬梁刺股，刻苦好学，一次又一次向最高殿堂冲击，最后终于水到渠成、金榜题名，在全国的大评比中接二连三地成就了自己的功名。

自2000年以来，覃塘区党委、政府高度重视把发展覃塘毛尖茶生产作为全区农村经济发展的突破口，加大了覃塘毛尖茶发展的力度。2013年，全区种植覃塘毛尖茶获得长足发展，全区种茶3.5万亩，年产量超850吨，取得了较大的经济效益、生态效益和社会效益。

为保护覃塘毛尖茶这一名优传统产品，覃塘富伟茶业有限公司、东院茶叶专业合作社、龙凤覃建禄茶场、黄练可龙茶叶专业合作社等单位，联合制定了覃塘毛尖茶无公害生产技术，制定了包括茶园选择和规划、品种选择和种植、土壤管理、施肥管理、水分管理、病虫害防治和采收等的技术规程。比如，他们要求种植茶叶的土壤，土地必须相对集中连片，土层深度1 m以上，pH值在4.5 ~ 5.5，背风向阳，坡度≤ 25°的缓坡地及平地。种茶的行档距要1.5 m × 0.3 m，双行密植，行距1.5 m，小行距0.33 ~ 0.4 m，株距0.2 ~ 0.3 m。施肥原则是推广平衡配套施肥技术，以有机肥为主，重视基肥深施。推广使用防虫网，杀虫用黑光灯诱杀或用人工捕捉。采摘要求用折采和提采，禁用指甲掐采、用手扭采、捋采、抓采。采摘标准为一芽一叶或一芽二叶初展，采回的鲜叶经过精心挑选，选择长短、色泽均匀一致的芽叶，剔除紫芽叶、病虫叶等夹杂物，保持芽叶完整和新鲜……此外，他们联合起来，以“覃塘毛尖茶”这一项目，申报了国家农产品地理标志产品。

这一天，我们到樟木黄练等乡镇采访，奔忙大半天之后，于晌午时分来到了建禄茶场，制茶工厂就设在209国道边上的龙凤村红泥屯里。

覃塘龙凤毛尖茶（黄秀成摄）

老板覃建禄热诚地接待了我们。他先泡上一壶今年清明产出的绿茶，眼看着茶叶在滚烫的开水里翻滚，就像看到有一群绿色的小精灵在欢快地旋转、舞蹈和歌唱。我拿起茶杯轻吸了一口，浓郁的芬芳进入了我的鼻腔，一股清润的茶汁流注在我的五脏六腑之中，顿时就令奔波了一天的烦渴消除殆尽了。

接着，建禄先生带我们参观了茶厂，茶厂里干净整洁，进入茶厂的人都要脱掉自己的鞋子，换上统一准备好的拖鞋。茶厂女工向我们展示了茶叶生产摊叶、杀青、清风、揉捻、理条、烘干、筛选、复香等八道工序，再经过分级、包装，茶叶的成品就出来了。

看完茶厂，我们觉得意犹未尽，让建禄老板再带到他的茶场看看。茶场不远，就在与茶厂隔路相望的山坡上。整片茶山分属于几个老板，其中建禄老板的有两百余亩，年产茶叶万斤左右，产值达数百万元，大

覃塘毛尖茶受到广泛青睐（黄秀成摄）

概估算一下，纯利就有数十万元。“够用了！”建禄老板笑眯眯地说。

山坡上是一溜溜绿色的茶垅，顺着茶垅一面走，建禄老板一面向我们介绍情况。他的茶场目前打造的是有机茶，全部不使用化肥、农药，务必让消费者喝得开心、饮得放心。建禄老板自己是老茶农了，早在三十年前高中毕业后，就到供销社茶场工作，后来从供销社出来，自己就办了这个茶场，从福建引进茶种，开始了多年的栽培、研制和生产。目前，他的茶场从三月到十月都可采茶，每棵茶树三天采摘一次，一年就可采七八十次。全盛时期，每天上午要聘请百余人采茶，每人一个上午支付八十到一百元工资，仅以此计算，就不知为多少人提供了就业机会！

一柄两叶一芽的小小的茶叶，就这样通过多人之手，通过多道工序，最后炒制成一枚细若发丝的茶叶，成为西洋人称赞的“神奇的树叶”，成为具有提神醒脑、解暑降温、生津止渴、消食解腻、健身减肥、防癌抗癌和延年益寿功效的特殊饮品，成为人们喜爱的杯中之物。大自然造化虽然神奇，但最后还是万物之灵的人类，以自己更为神奇的双手，为大自然的神奇作了更神奇的诠释。其中的覃塘毛尖，成了绿茶的上品，被誉为中国十大名茶之一，产品不断穿州过省，远销于国内外茶叶市场。

作为一个茶场的主人，建禄应该是个生意人，但他又不仅仅是个生意人。他从高中开始，就喜欢舞文弄墨、吟诗作对。只是过去由于为生存奔波，无暇顾及其他，这几年茶场的生意有了起色，他便开始重新拾起自己的喜爱，学习着写起旧体诗来。他写有一首以数字排序的《农夫》诗，就是他的夫子自道：

一肩风雨犁头收，两手粗糙度春秋。

三餐咸菜知寒热，四季平安本无忧。

建禄是新时代的新茶农，他的人生确实无忧无虑了：他的三个儿子，大儿子帮他打理茶场茶厂，二儿子在公安局工作，三儿子即将从武汉大学研究生毕业，多个单位都在等着他签订用人合约。

他的诗作题材丰富，写身边的人和事，写旅游的见与闻，写心中的感和悟。写得最多的，当然还是自己一心钟爱的茶，他写种茶、制茶、品茶，写自己品味到的茶事、茶经、茶趣，他的《种茶》诗这样写道：

长锄竹笠背朝东，石壁青松熬雪风。

汗滴三年如雨下，萌芽待采笑山翁。

是的，汗滴三年，方有茶芽可采，其中辛苦确难为外人所理解。他引进的是国家保护品种，一株茶苗要三角五分钱，一年就引进了20万株。2004年，他的龙凤毛尖获得了广西首届斗茶擂台赛的擂主称号，此后，他的茶厂就几乎每天都有茶商前来洽谈，他的产品开始远销到上海、广州、深圳、武汉、西安、南宁、桂林等区内外重要城市，成为远近闻史的真正名茶。2014年12月，覃塘毛尖茶获得国家农产品地理标志认证，“覃塘毛尖茶”真正从覃塘走向全国。

后记

覃塘地处桂中南，携两山（镇龙山脉、莲花山脉）而带六河，北靠六庐山脉，南临郁江平原，自古为桂北、桂中进入桂东南地区陆路走廊上的重镇。覃塘历史悠久而绵长。这颗郁江平原上的明珠，物华而天宝，人杰而地灵。

纵观往昔，关于覃塘历史和人文地理的书籍还没有可供人们查阅的，或许仅有《贵县志》《贵港市志》等少量资料。在中共覃塘区委的直接关怀下，贵港市作家协会和覃塘区文联组织市、区两级作者，历经数月，终成《荷美覃塘》一书。全书围绕覃塘历史、人文地理、民风民俗和区情特产等内容，以散文的笔调娓娓道来，图文并茂，虽不能说尽善尽美，但作为一部让世人了解覃塘前世今生的读本，实属难能可贵。

书稿能顺利付梓，贵港市作家协会潘大林先生、徐强先生、高瞻先生，漓江出版社的梁志先生一直劳心劳力，在此表示衷心的感谢！还有全书的几位作者，是你们的辛勤与妙笔造就了《荷美覃塘》一书，在此一并致谢！

愿荷美覃塘明天更和美！

覃塘区文联　韦寿比

2015 年 7 月 1 日